许我 一段光阴

潘丽萍／著

中国出版集团
现代出版社

图书在版编目（CIP）数据

许我一段光阴/潘丽萍著. --北京：现代出版社，2017.7
ISBN 978-7-5143-6306-7

Ⅰ．①许… Ⅱ．①潘… Ⅲ．①散文集－中国－当代
Ⅳ．①I267

中国版本图书馆CIP数据核字（2017）第174597号

许我一段光阴

作　　者　潘丽萍
责任编辑　李　鹏
出版发行　现代出版社
地　　址　北京市安定门外安华里504号
邮政编码　100011
电　　话　010-64267325　010-64245264（兼传真）
网　　址　www.1980xd.com
电子邮箱　xiandai@vip.sina.com
印　　刷　北京一鑫印务有限责任公司
开　　本　710×1000　1/16
印　　张　13
版　　次　2017年7月第1版　2022年7月第2次印刷
书　　号　ISBN 978-7-5143-6306-7
定　　价　39.80元

序

光亮照耀我们平凡而质朴的生活

◎ 海飞

春天来临以前，我在狭小而温暖的书房里啃读文字，胡乱生活。终于有一天开始翻阅潘丽萍早前寄到的书稿，让我在文字中见着了她的从前，见着了当年她和我们差不多一样的蒸腾着水汽的曾经的青春，见着了她生活过的江南小镇和小城里黑白的旧光阴。所有的事物，都似曾相识，像是一场电影里最深情的回望。我向来对声音有着一种莫名的迷恋，比如雨敲青瓦，比如电影机转动时有序而充满着生命的声音，比如老火车在铁轨上滚动时发出的震颤。为这些生活中最初的本真，有时候我们不由自主地泪流满面。

席慕蓉说，乡愁是一棵没有年轮的树，永不老去。在潘丽萍的眼里，故乡是一支清远的笛，总在月色洒遍大地的晚上响起。在她生活过的地域，水汽氤氲，大地葱茏，这些若妖若仙的江南之气，总是能让她清晰地触摸到淡淡的、有质感的生活底色。因而她的文字细腻、准确、生动，写尽家乡物事，比方说花花草草选择的是哪一种姿势在风中摇曳，比方说对亲情、友情的感知，对老物件的怀恋，哪怕是对当地一些特产和小吃的描述，让我们见到的是人间烟火里的烟火，岁月锦绣里的锦绣。

潘丽萍在绍兴日报社工作了整整 20 年，当一名记者，业余写她喜欢的散文和诗歌。10多年前的一个春天，新昌作为《诗刊》"春天送你一首诗"大型公益活动的分会场，在江滨公园搞活动，不是诗人的我也来到了新昌冒充诗人，与潘丽萍有过一面之缘。当时我是《诸暨日报》的记者，只知道她与我是同行，也在业余写作。后来在报纸上经常看到她写的新闻，当然也有零零星星的散文和诗歌。那么细碎的文字，像我们杂乱无章、琐碎却又繁华的生活，真切，甜蜜，以及些微的疼痛。

2006年开始，潘丽萍在《绍兴晚报》上开设了散文专栏，每周一期，后来被她整理成书出版，书名叫《女人有味》。2013年，她又在《绍兴晚报》上开设了"生活大爆炸"随笔专栏，刊发在副刊"鉴湖月"上，成为广大文学爱好者喜爱的栏目。如今这些文章，都被收集在这本书里。这是潘丽萍告诉我的她的一些过往，其实每一个隅居各地的写作者，有着大抵相同的写作经历与经验，连每一份欢欣都差不多来自于样刊的清香。

相比于以前的散文，这本书更接地气、更富内涵。"地气"在我的心目中，一直是一种"生命蓬勃"的表现。潘丽萍的那些小而精华的文字，无论是谋篇布局，还是遣词造句，都有精到之处。她要告诉我什么？她要告诉我们的是拙朴的生活，零碎的生机，被忽略的美好……这些我们视若无睹的碎片，被她小心翼翼地捡拾、收藏以及虔诚地分类。比方讲，她在《小镇集市》里写到："我的故乡，是在一个叫儒岙的江南小镇。儒岙的集市，曾经与许多乡村的集市一样，热闹而又质朴，能从心底里长出温暖的花来。……集市是喧闹的、平民的，甚至是俗气的，但我异常喜欢带着泛黄味道的集市，还有那淳朴乡音的叫卖声，犹如一种古老的意象，沾满了质感的温柔，以最朴实、最原始、最热烈的形式记录着耐人寻味的画卷，定格在童年的温情里……"这样温暖、逼真，同时又充满了画面感的文字，在潘丽萍的文章里比比皆是。它让任何人都感知到故事、故乡、故人的美好。

潘丽萍曾经说：文字于我，是另一个自己。所有来自内心的细微的无法言说的东西，最好的表达方式是付之笔端。潘丽萍又这样讲，今生今世，愿意以书写为生，用笔墨走路，天天在文字的天空里游来荡去。那么作为一个读者，同行，或者说老乡，我不说祝福的话，只讲，文学是灵魂里的一道光亮，她让生命从此沉潜、充实而饱满，以及无与伦比的丰沛。并且，让光亮照耀我们平凡而质朴的生活，直到年华老去。

是为序。

2017 年 1 月 10 日

目 录

记忆

JIYI

小镇集市

我又想念故乡的集市了，也往往这个时候，脑子里会突然想起《斯卡布罗集市》这首歌。

莎拉·布莱曼的声音犹如天籁，纯净得不带一丝尘土和繁华，听过一次就忘不了，像生长在斯卡布罗小镇上的芫荽、鼠尾草、迷迭香和百里香，香气迷死人。

斯卡布罗是英国曾经繁华的古镇，而我的故乡，是在一个叫儒岙的江南小镇。儒岙的集市，曾经与许多乡村的集市一样，热闹而又质朴，能从心底里长出温暖的花来。

农历每月逢二、逢五、逢八是儒岙的"市日"。小时候一直盼望赶集的日子快快到来，我可以牵着妈妈的手买一些喜欢的东西。其实，那时候也未必有什么好的，无非是一块大冰糖、一串糖葫芦，倘若能扯一块花布做衣服，那是天下顶美的事了。

妈妈那时候还年轻，出门时总爱照一下镜子，这长方形的镜子不大，只能照一个脸蛋，挂在门框的左边，很方便出门前照一照。我是踮着脚也照不到的，等到照得着的时候，我进门出门都要照一下。

赶集，我们一般叫赶市。出家门，转过几条巷弄，路过一口池塘，集市仿佛展开了序幕。街是窄窄的一条蛋石路，临街两边都有店铺，开杂货店的，做拉面的，卖豆腐的，打春饼的，甚至还有拍照的，走上几百米才到街的尽头。而这里，才是真正集市的地方，平时空旷的大操场多了一份热闹，不知从哪里冒出许多人来，熙熙攘攘，挨挨挤挤。除了能买到吃的用的东西，还能见到一些稀奇古怪的杂技，比如大力士表演，他的肚子上放一块石板，石板上再放一块砖，另一人用锤子砸砖，砖被砸碎了，大力士却毫发无损；再比如一个人把什么含在嘴里，一张口，一团火焰就从嘴里喷出来。这些最能吸引小孩子了。

每逢集市，我家就热闹起来，外婆家的一帮亲戚，包括舅公舅母、表兄表妹，还有奶奶家的一房亲戚，大姑二姑、表叔表姑等等，多的一天能坐满一大桌。母亲烧些好菜，等他们来；而他们必定会捎一些自家的土产，外婆家的板栗、大姑家的梨子，表叔家的柿子是我最挂念、也最难忘怀的。

集市是喧闹的、平民的，甚至是俗气的，但我异常喜欢带着泛黄味道的集市，还有那淳朴乡音的叫卖声，犹如一种古老的意象，沾满了质感的温柔，以最朴实、最原始、最热烈的形式记录着耐人寻味的画卷，定格在童年的温情里。

后来，好像是秋天的某个集市，我遇见了我的同学。同学是个男生，后脑扎一把头发，背着一个画夹，行走在彼苍庙前的一座古桥上，在凡俗的闹市里有些脱尘。后来，我像领亲戚一样把他领了家里，他从画夹里抽出几张画送给我。再后来，他外出闯荡，成了上海一名大画家，去国外办过画展。如果有机会遇见，我要跟他说，画一幅集市风俗吧，不是《清明上河图》那般繁华的都市风貌，而是人间烟火般温暖的小镇风情。

在集市上行走，我很少说话。我愿意在一堆散发着清香的果实上透视一些生活的细节，更愿意循着这股清香，想象芜荽、鼠尾草、迷迭香和百里香的花香。是的，回到小镇，回到"斯卡布罗集市"，那歌声的美好，生活的真实，自有一番苍绿的韵味和生动的暖意。

许我一段光阴

突然喜欢一些老旧的时光，喜欢沉溺在寂寥而幽远的光阴里，看隔世的蝴蝶，如何染上尘世荒凉的颜色。

不知道从什么时候起，"时光"这两个字变成了心里最柔软最敏感的字眼。溪水流过漫不经心的日子，坐在"老旧的列车"里一直前行，路过我的少年、青年以及中年，曾经琐碎的件件小事，像电影里面的一个镜头，定格在记忆深处。

比如母亲的一碗肉丝面。

老家在小镇一个叫高台门的地方，也是镇上最高的台门之一，母亲在街口一家企业上班，三班倒。夜班是晚上十点半下班的，当时没有夜班补贴，但厂里给一碗肉丝面当点心。

我就冲着这碗面，喜欢母亲的夜班。厂里烧夜点心的人叫基良师傅，他掌着大勺，从大锅里捞面的样子，很有派头。小麦粉做的面，叫麦面，基良师傅右手一提，麦面从筷子上长长挂下来，然后一下子滑进锅台上的一排饭盒子里，诱人的香味就往鼻孔里钻。

小时候跟母亲去上夜班，是为了得到那一碗好吃的肉丝面。如果没跟去，夜里也是睡不着觉的，老想着那味儿。母亲自己舍不得吃，肯定把一碗面拿回家，给我和弟弟两个人分享。

从街口到家里，大约有十多分钟的路程。我不停地算计着时间，简直等不及，感觉时光慢得要死掉一样。终于等到，一碗面也有些微凉了，面条泡久了，一根根粗得像蚯蚓，我讨厌蚯蚓，但我喜欢这粗壮柔韧的面条，还有酱红色的飘着肉丝的汤。

等我自己会做的时候，用同样方式烧了无数次，甚至用最好的作料，没有一次能够吃出当初的味道来。

这碗面一直潜伏在心里，留下的滋味，任何山珍海味也无法抵达。

还喜欢过一件暗红色的滑雪衣。有个越剧团的女演员，演花旦，是我同学的姐，平时也熟，遇见的时候，她穿一件红色滑雪衣，小巧精致，犹如芙蓉花开，比舞台上的花旦还婉约。说不出惊艳这个词，但的确是惊心了。

原来衣服可以剪裁得那么合体，原来身材可以衬托得那么玲珑。好马配好鞍，对了，滑雪衫，我暗恋你！

找了份工作，有薪水了，急着把梦想变成现实。一个要好朋友在绍兴读书，让她给我挑来一件好看的滑雪衫。

暗红的底色上，同色的丝线一路蜿蜒，看似针脚随意，却疏密有致，收放自如，枝枝蔓蔓间，突然开出一朵朵暗花来，色彩温婉，款式雅致，韵味十足。乍一见，犹如《西厢记》的莺莺，遇见张生的那份欢喜。

心若桃花，一直照亮我的青春。

青春永远是最清澈晶莹的一颗雨滴，曾经的美好记忆都被清晰地映在它的灵魂上；而时光老了，像一棵忧伤的树，长满了层层的年轮和斑驳的树痕。

红了樱桃，绿了芭蕉。丰美葳蕤的葱茏岁月，在沉寂中艳烈成一片旖旎的花，剩下的回忆，在时光里渐变渐暖。

露天电影里的幸福时光

想起许多年以前，曾经深深迷恋过的露天电影，心里便荡漾起幸福的味道。

最初的记忆，是父亲抱着我去看的电影。村里有一个大操场，放电影的晚上，早被村民们安排了一条条品相不一的长凳子，我就坐在父亲的腿上，后背贴在他的胸前，父亲宽大的手掌里，温暖着我的一双小手。

遇到有电影的日子，总很兴奋，兴奋能持续整整一天。那种无名的欢乐和期待，是和黄昏一起慢慢降临的。操场边有一棵高大的樟树，叶子被潮湿的晚风轻轻吹起，我知道放映的时候，银幕也会像帆一样鼓起，女主角漂亮的五官稍稍有些变形，当然那些情节不会变。

如果，月亮在白莲花般的云朵里穿行，那个电影之夜就会徒添了些诗意和浪漫。

蒙胧的中学时代，一颗萌动的春心，有一种想要表达的欲望。写作文的时候，对露天电影的期盼，洋洋洒洒地做了一篇，其中用了"望穿秋水"的成语。语文老师是个年轻小伙子，课间时闲聊，他似乎很随意地说："你知道'望穿秋水'是什么意思吗？怎么可以用在看电影上？"

我脸一红，但内心不以为然，没觉得这词儿用得不对。好吧，露天电影，我就是迷恋着。

夜色降临了，黑夜的黑铺天盖地，把村庄和大地遮掩起来。操场上的灯光明晃晃的，人们像飞蛾一样被吸引过来，盯着那块一无所有的幕布，等待它能变出男人和女人，好人和坏人，以及一些很遥远很动人的故事。

已经记不清看过哪些电影了，印象深的有《小兵张嘎》、《地道战》、《闪闪的红星》、《野火春风斗古城》等，有的电影都看了好几遍，但只要操场上放电影，还是经不住诱惑。

放映员是我的邻居桂堂叔，只要他到来，如同电影里的主角出场，要引起观众波浪似的骚动。桂堂叔模样周正，皮肤白皙，手指细细长长，不像农村里干活的人，酷似电影里走出来的明星。

那时候，放映员是一个令人羡慕的职业。如果只从带来快乐的方面衡量，没有谁比放映员更像天使。

桂堂叔在操场中间架起了放映机，人群齐刷刷地自觉退到一边，灯光一亮，孩子们就站到凳子上挥舞小手，争相做出各种手姿，狼、狗、蛇、老鹰、青蛙……形形色色的动物剪影栩栩如生。倘若没有光影的对比，我永远意识不到我们的一双小手会那么擅长比喻。

看露天电影，其实看的是热闹。一大堆人满面红光兴奋异常，除了前面有凳子坐着的，站在边上的人挤挤挨挨，一直要到电影放映才能静下来。虽然电影里演绎的故事，能莫名地感动那颗孤独的少年之心，但那种甜腻而燥热的气氛，在我的记忆深处更为绵长。

时光越走越荒凉，关于露天电影的一点一滴，犹如故乡的云，微凉地悬挂在心头的枝叶上。

让我们慢下来，可好

帘外风一动，闯进来的是清澈的鸟声，还有些许新鲜的春光。这样的清晨，我不想起床，抱着枕赖在床上，微信朋友圈里点完赞，然后一任天马行空的思绪，天南地北。

时光就这样慢下来。

一点一点感受幸福，体味那种美妙的滋味。

窗外两棵桂花树，长着碧绿茂盛的叶子，但很少开花，即便是金秋，它也懒得露脸。不过我还是喜欢。开与不开，你就自便吧。

一直来，我是一个闲不住的人，愿意踏着制度的节奏朝九晚五，甚至在职场里横冲直撞，困在其中不觉累，似乎这样，才能在风云变幻的竞争中彰显自己的存在，或者说是在俗世中获取生存的资本。

这样的过程无法忽略，有许多经典值得玩味。不努力地拼搏一下，人生就算不上完美。

几年前的一个金秋，我突然患了眼疾。一天奔波下来，到了晚上，觉得眼前有一个小黑点在飞，继而左眼看不清东西了，当地没诊断出是啥原因，隔了几日转道去上海，医生说是视网膜破裂和眼底动脉出血。做了一个小手术，干脆利落。

不经意间，想起曾经一起写诗的江南梅，记住了她写过的那首诗《小小地病一场也是好的》：呵，小小地病一场多好／走在人群中　我是那么地与众不同／爱情是别人的　幸福是别人的／理想是别人的　成功是别人的／唯有我　扛着自己小小的身体／一无所有……

一样的感触，不一样的是那段日子我觉得很富有。在家休息了一个多月，除了不能用眼外，有大把大把的时间供我消费。在两棵桂花树的陪伴下，我拿出一套紫砂茶具，装模作样地泡铁观音，喝着一个人的寂寞，当然还有音乐，适宜喝茶心境的古典音乐。

这段慢下来的时光，我又重温了少女时代的编织梦。年少时，我喜欢织毛衣，各种花式的都会织，后来喜欢用平针、反针一类的简单织法，然后钩上花朵什么的来点缀毛衣，之所以这样做，是因为我不想太浪费时间了，简单织法可以一边织一边看书，有许多小说就是在织毛衣时一部一部消灭的。从小练成的功夫，这下可派上用场了，一场小小的病，不能用眼太过，只能一边望着青绿的桂花树，一边飞针走线，编织了两条黑色毛线短裙，还挺经典的，几个闺密都说好看，居然竞相效仿。

时光在这里悄然慢了下来，虽然不是终于。

也许年纪越长，越喜欢一些平淡的不惊心的事物，甚至喜欢片刻的疏离和清静。曾经穿着套裙高跟鞋，风风火火，蛮拼的样子，如今换了棉麻长裙，着平底软鞋，施施然走过，不温不火，从心里开出花朵来，却是最好。

毕淑敏说：慢，这件事，并不是来自动作，首先源自内心……是啊，内心安详，随喜就好。慢下来的时光，我想做一些自己喜欢的东西，比如旅行，比如写诗作画，比如学学古筝或古琴，在这样的喜欢里，泡多久也不会烦，心情就如盛放的花一样，幸福着，明媚着。

　　人生太短，但也不急着赶。就这样慢着慢着，日子会变得长长久久了。

　　让我们慢下来，慢成自己想要的模样，可好?!

村野桃花三两枝

这是我喜欢的春天。

村野，小桃花就三两枝，开得不算茂盛，她躲在树底下悄悄探出头来，还偷偷地笑；伴着毛绒而细密的雨，湿润的粉便浅浅地露了出来。

胡兰成说，桃花难画，因要画它的静。我固执地以为，桃花一定是个村姑，甜甜的微笑，粉红的脸蛋，少有的清纯和俏皮，一副情窦初开的模样。

三两枝桃花，不多也不少，收紧了身子，站在春风里。她静吗？是的，她在静静地等待，等待开花的时间。

这是一棵开花的树，阳光下慎重地开放，只是为了你的遇见。

"去年今日此门中，人面桃花相映红。人面不知何处去，桃花依旧笑春风。"崔护轻叩庭院，咿呀一声，女子应声而出，人面桃花，身姿婀娜。初相遇的欢喜，让诗人心猿意马，一颗心便在轻轻一扣中永恒了。

只这一眼，便铸就尘缘无限。崔护功成名就再次而来，却已叩不开衰败的院门，徒留下一丝伤悲。

佳人已逝，桃花依旧。能够忘却前尘的我们，却放不下心中的执念，就像见到了一个人，分明未曾见过，却似旧时相识，遇见只能道一句：相见恨晚。

桃花美艳，在村野，在斜坡，在庭院，她是农家屋里的宝贝女儿，清新可人，如同崔护的初见；桃花命薄，甚至来不及展开爱情，一场春雨便零落成泥，香消玉殒。

在一些人眼里，桃花最是轻薄，喜欢招摇卖弄，是春天里喧闹而廉价的一部分。而更多人把桃花作为春天的主角，在演戏，一场，又接一场。

的确，将春天推到更辽阔更绚烂的，一定是桃花。

桃花艳名远扬，香气引蝶，一拨一拨地开，开到荼蘼；还嫌不够，集合成枝丫错综桃林，大片连着小片，小片衔着大片，交错着叠压着，遥远得看不到边际，直到满山遍野都是。都是那粉色的花朵啊，赶集的花朵。

所谓的"桃花节"，就是桃花集体盛装亮相的时刻。

这一拨和那一拨，或浅粉或深红，一树树一朵朵缀满枝头。她们衣着光鲜，婀娜多姿，在强大的欢场中枝丫横斜，彼此试探春天的消息，脂粉香飘过来，像从村野走出来的小姐妹，淹没在灯红酒绿之中，有些轻浮，有些曼妙，也有些蠢蠢欲动。

热闹而喧哗，她们已无法安静，艳红只是一种诱人的颜色，你来，我也来；你采，我也采。崔护诗中的村姑，人面不知何处去了。

"残红尚有三千树，不及初开一朵鲜。"其实，我喜欢的桃花，开在村野，三两枝足矣。

山村的夏夜

最喜欢山村的夏夜了。喜欢死了。

与朋友相约，十七八个人浩浩荡荡开车到下岩贝民宿，贪的是月白风清，一夜凉爽。

最土的农家菜，就是最纯的家乡味道。干了酒，脸有些红，出得门来，地道的山风凉凉地滑过肌肤，丝绸般地舒适妥帖。

山道弯弯，对面就是秀美的穿岩十九峰，但夜里是看不清山峰的，只是一个模糊的轮廓，心里觉得有风景在，就是最美。而点缀在山峦中的灯火人家，却异常媚惑，像星星点点组成的火龙，盘绕着，灿烂着，整个夏夜便生动起来了。

夏虫有吗？应该有的。此时，或许躲在黑夜深处，屏住声息，暗地里打量这一群不速之客。因为我们的侵入，因为我们的歌声，因为我们肆无忌惮的说笑，它们肯定乖乖地伏成一处，做一回忠实的听众。

那些好看的花儿也轻笼面纱。白天的阳光太过猛烈和热情，红扑扑的小脸儿过度透支，似蔫了一般。晚上呢，它们要抖起精神，一点一点取出骨子里的清香，若有若无地缭绕在我们身上。

夜晚入睡，自然不用空调。天上来的风就在外面飘荡，然后穿过纱窗细细碎碎地进来，像一个旧时代的小脚女人，悄悄地来，又悄悄地走，如此缠绵不休。

盛夏，山村的夜晚清风宜人，荡涤心灵。突然想起故乡的夏夜，也是如此迷人。

我家在离此不远的儒岙一村高台门，大院里住着十来户人家，最多的时候有50余人，大部分是叽叽喳喳的小孩子。夏夜是他们最兴奋的时候，身上所有的细胞都调动起来，像疯狂的爵士乐激情四射。吃过晚饭，打完水仗，或者在柴垛里玩躲猫猫，扮作鬼神吓一吓小女孩，这样的夏夜简直是一个极乐大世界。

夜幕四合，有风来。风是干净的、纯粹得似一个未经雕琢的少女，一股清香味。院子里的大天井，会慢慢聚拢一些人，奶奶点燃一把晒干了的艾草，先在四周来来回回地挥动着，似乎要赶走蚊子虫子什么的，然后把艾草堆在中间，任其慢慢燃烧。整个院子里就弥漫着淡淡艾草香，很好闻的一种味道。

由此安静下来，挪来竹椅子或者躺椅纳凉。这个时候，往往容易想起鲁迅先生写的《从百草园到三味书屋》，想到文中长妈妈讲的故事：一个书生晚间纳凉时，有个美女在墙头叫他，他答应了。老和尚说他脸上有妖气，一定是遇见"美女蛇"了；这是人首蛇身的怪物，能唤人名，倘一答应，夜间便要来吃这人的肉。然后老和尚给他一盒飞蜈蚣，治死了"美女蛇"。

一边纳凉数星星，一边想着骇人的故事，然后像鲁迅先生一样，看看四周墙上，有没有"美女蛇"出没。当然这担心是多余的。况且那么多人，"美女蛇"看上的应该不是我，而是院子里哪位帅小伙。

撇开这个故事不说，山村的夏夜还是诱人的。我愿意沐一身清风，去山村度过一晚又一晚，直至老去。

沦陷在一场桂花香里

一不小心又是秋天了。

秋天是不能少了桂花的，就像戏里的才子佳人，缺了谁戏就唱不完整。

今年看的桂花，是在沃州湖一个叫青云山庄的地方。青云山庄以前叫梦湖山庄，这两个名称都很美，有一种云里梦里的感觉，更喜的是这山庄傍靠沃州湖，坐拥一川山水，自然清雅得紧。

也不是特意看的桂花。应青云山庄主人之邀，绍兴中秋诗会在此地举办，下午我提前去看现场，却突然沦陷在一场桂花的迷魂阵里，走到哪里都是香啊，真是香死了，香得要掉鼻子，只想一屁股赖在这里不走了。

山庄走出来一位小伙子，说今年的桂花特别香，也开得特别旺，你要是喜欢就摘些去吧。这一说心便动了，恨不得立马攀枝折桂，取了香去。

桂花真是多啊，山庄里有几棵大的，散落在门前屋后；山庄外是一片桂花林，种植在高高低低的山坡上。貌似一样的桂花树，却有金桂、银桂、丹桂之分，黄的是金，白的是银，红的是丹。自然是金桂丹桂讨巧些，我轻轻地攀了桂枝，一用劲儿枝就断了，但细细碎碎的繁花也扑簌簌地掉下了，落了一地，香了一身。

这些年喜欢跑乡下看花赏景，棣山荷花、乌泥岗樱花、东郑薰衣草、蟠龙山牡丹……只是没有看过桂花。有人约我去绍兴的香林花雨，嵊州的百亩桂花园，但没成行。

也许，不经意间的巧遇更显诗意。浪漫的故事基本上离不开邂逅、偶遇等字眼，正如张爱玲所说的：于千万人之中遇见你所遇见的人，于千万年之中，时间的无涯的荒野里，没有早一步，也没有晚一步，刚巧赶上了……

而我刚巧赶上了。真好呀，赶上了密密匝匝的桂花盛开，赶上了寂静无声的桂花雨飘落。这些我喜欢的桂花，精致饱满，挂在枝头，香在心头。

之所以喜欢桂花，还因为我奶奶名叫桂花。奶奶长得白白净净，脸如满月，梳着一个光滑油亮的发髻，一双三寸金莲在院子里迈着碎步。爷爷外出干活，奶奶一直在家里做着奶奶，仿佛古代女子似的。

奶奶的名字听起来俗，叫起来香——只是我爷爷一个人叫的。我的记忆里，只晓得别人叫她根焕嫂、根焕婆的，唯有我爷爷，拖着绵长的声音喊：桂花，桂花——

这声音一直回响在我耳边，至今不忘，不能忘。

因此家里也种植了两棵桂花，一棵金桂，一棵银桂，从老家移植来的，却闻不到香气，是桂花品种的原因，还是花开得稀少的缘故？好几次我想把它们砍掉，一直不忍下手，两棵桂花就长年累月地长着，在窗前不知疲倦地青了又青，绿了又绿。

其实，不管开与不开，只要香在心头。

像今天，我正沦陷在沃州湖的桂花香里。

沃州湖是中国山水诗的发祥地，"山水诗祖师"谢灵运创作的题材大多数取材于此。到了唐代，有更多的诗人踏歌而来，《全唐诗》中的诗人，其中有340人游历过这一带。如今在唐诗之路的精华地段，这场中秋诗会如约上演，真是应了景，还应了情。

　　那山，那水，那诗歌，中秋之夜的沃州湖，更因了桂花的美丽和香气，添了几分诗情画意。

梅

　　红梅开了，绿梅也开了……晨起的惊喜！友人在微信朋友圈里晒图。

　　白中微微浮一层绿意，这种萼绿花白、小枝青绿的花原来叫绿梅啊。见过红梅、白梅，还真没见过绿梅。

　　这绿梅委实稀奇，真容难得一见。见得最多的是蜡梅，一树淡黄，多而繁密，花叶不相见，在某个庭院的角落幽幽地开放，像一位故人悄然而来。红梅最有诗意了，一层白雪轻轻覆盖，雪白花红，这梅便似喝醉了酒的姑娘，胭脂凝颊，格外可人。

　　蜡梅入冬初放，故称冬梅或寒梅，梅花大多在春天里开放，别称春梅，有红、白、绿等多种色。虽然同称作"梅"，蜡梅与梅花的关系在植物分类学上关系疏远，蜡梅为蜡梅科蜡梅属，而梅花为蔷薇科李属。

　　旧年早春，与友相约踏青，一路春色明媚，万物从沉睡中醒来，在一个开阔的山冈上，忽见整片嫣红，一人大呼：桃花开了！

是吗？真的是吗？

乍一看，有点像；再细看，不是。这颜色红得不一样，花型也不像。桃花脸带微笑，轻盈灵动，很活泼的样子；梅花冷艳孤高，开得轰轰烈烈，却一脸凛然。同样漂亮，气质迥异。

家乡多桃花，梅少些。沃州湖畔的岭头等，桃花成林，开得绚烂，用"川原近远蒸红霞"或"春来遍是桃花水"来形容，并不过分。每年春天去赏花，桃花看得最多，在桃枝间跳跃留影，玩得尽兴。梅花自然有，但不成林，偶尔一棵两棵，一枝一朵，比较耐看，折一小枝回来，养在水瓶里，倒也十分得趣。

但我不会把桃花插到瓶中的。

梅，可谓是人间第一枝。因为傲霜斗雪，因为品性高洁，作为励志的一种比喻，用得最多的一句是"梅花香自苦寒来"，小时候作文，动不动就搬来，摆在哪一篇都行。用得多只觉俗了，而且当地人取名，喜欢傍"梅"，女人叫梅燕、梅香、梅娟，男人叫梅千、梅根、梅焕的，取了一个梅字，好似跟梅攀了亲一样。

其实，梅还是梅，不俗。古代写梅的诗词很多，从"墙角数枝梅，凌寒独自开"到"梅须逊雪三分白，雪却输梅一段香"。那一些诗词仿佛一条澄静白练，从幽远缥缈的年代抽出头来，浸着雾气，一路飘飘荡荡，散发着芬芳。我特别喜欢"疏影横斜水清浅，暗香浮动月黄昏"那两句，活脱脱一幅优美的山园小梅图。有人说这句形容桃花也可以啊，清高孤傲的横出斜放之势，有意无意、可近不可玩的暗香，恐怕热爱喧闹的桃花担待不起吧。

早年迷上小说，对书中梅一样的女子特有感觉，如《红楼梦》里的妙玉，《家》里的梅表姐。《红楼梦》中的妙玉，是一位最具神秘气质的女子，在栊翠庵带发修行，她极端美丽、博学、聪颖，也极端孤傲、清高、不合群，这种极端物化了的她，像极了梅花品格，何况她真的喜爱梅花，栊翠庵里种植的数十棵红梅，是大观园里最美丽的梅花。妙玉就是梅花，许是曹公真意。

"原来这一枝梅花只有二尺来高，旁有一枝纵横而出，约有二三尺长，其间小枝分歧，或如蟠螭，或如僵蚓，或孤削如笔，或密聚如林，真乃花吐胭脂，香欺兰蕙。各各称赏。"妙玉的梅花，端的就是那么美丽高洁、清冷寂寞。

搽春饼

搽春饼的感觉，像是在画一幅简约明快的画。

取一撮小面团，在平底锅上画一个圆圈，再点满圆心，烘干，揭下薄薄的一张，这就是春饼。

搽春饼是一项技术活，面粉加上水和盐，要揉匀打透，稠稀适度，太稠了搽出来的春饼容易碎掉，且保存时间不长；太稀了搽春饼的时候容易沾手，且饼太厚。火候不能太旺，也不能太文，要恰到好处。手法也很关键，面团的大小、搽春饼的速度和力度都会影响到春饼的口感。

春饼是新昌的风味小吃，用新昌话来讲，制作春饼就叫搽春饼。我一直在想，这个搽字用得特别好，搽本来就是涂抹的意思，图画是用颜料来涂的，比如水粉画、油画、山水画，而春饼是用面粉来涂的，底色是白色，火候能调配出颜色来，微黄或是金黄，各得妙处。

春饼形似圆月，薄如蝉翼，白中透黄，是新昌小吃界的"皇后"。一张太薄，六张错落排开叠成一"打"，一"打"春饼，若裹以精肉、油条、油氽豆腐，卷起来就可以吃，而最乡土的吃法，当属马兰头或炒榨面，马兰头是春天里的野菜，与香干丝、笋丝、肉丝炒一炒，别有风味。

有朋自远方来，如果要品尝新昌特色小吃，春饼是必备的。春饼是什么？春天里做的饼吗？夏至问。夏至是山东人，在新昌一酒店当老总，忽然爱上了春饼，宁愿从五星级酒店跑出来，拉我去街上春饼摊嘬一顿。后来去杭州创业，一直有此嗜好，有空去看她，别的不带，春饼足矣。随便唠叨一句，春饼这玩意儿经得起长途跋涉，耐得住高温寒潮，放上十天半月而不会变质，早年当地人外出，常常作为干粮携带。

"圆似夜月添新样，巧学秋云擅薄搽。"这是何止清《咏春饼》的诗。早在1000多年前，新昌春饼就走上了街市，落户在饭店酒家之中。春饼与镬拉头是同门一宗，都是面粉做的，镬拉头相对粗犷些，家里普通的饭锅就可以做，抓来面团一搽就一个，简单方便，是农家平时的主食。而春饼似乎天生不是寻常食物，很难落到农家餐桌，不知道是没有平底锅的缘故，还是它过于精致漂亮，主妇们能搽镬拉头，但一般不会在家搽春饼。

小时候吃春饼是一件奢侈的事，只有客人来了，母亲才会从街上买来两斤春饼。儒岙春饼一直名声在外，下横街有一个春饼摊，摊主是一个叫"三角老太婆"的女人，长得黑黑的，一根长辫子拖到腰际，一到冬天，鼻涕也会跟着拖下来。不很卫生的一个女人，但搽的春饼特别好吃，孩子们口袋里有一点零花钱，就往她那儿跑，油氽豆腐筒春饼，好吃看得见。

如今，想吃春饼并不难。小城的某一个墙角，某一条巷弄，某一处临街的小屋，突然有香味飘过来，闻着就知道是春饼摊了。一边等，一边看女人搽春饼，想象一幅画的样子，春天便在心里了。

新昌小京生

在新昌的土特产中，小京生花生是最有名的。

小京生以前不叫小京生，而是叫小红毛花生，当然还有叫麻皮花生、落花生的。后来，因为打品牌需要统一改了名，如同要去大城市谋生的村姑，穿上新衣，换了名字，梳妆打扮，就正式上道了。

如此甚好。

新昌小京生，这名字悦耳，而且喜庆，有中国味。据传，新昌小京生花生在明清时被选为贡品，也有说法是清朝末年从北京引进，民国时期就驰名国内外了。

小京生，千丝万缕地连着京城，沾着皇家的喜气。难怪，当地婚庆嫁娶，炒花生是招待客人的必备果品，还有染得红艳艳的花生，不过红花生一定要生的，寓意"早生贵子"。

很多地方都种花生，但产地不一样，味道就两样。为什么山东的苹果特别脆？为什么新疆的葡萄特别甜？淮南的柑橘到了淮北，只能收获枳橘，老天注定的事，谁也改变不了。小京生自然无法脱俗，不要说千里之距，品种要变异，就连相差几十里，也能分出一个上下高低来。新昌小京生，数大市聚一带为上乘，玄武岩台地上的红黏土、棕泥土是种植花生的最好土壤，所以打从"娘胎"里出来，这里的小京生品貌和风味独领风骚。

"麻屋子，红帐子，里面住着一对白胖子。"这是最早学到的关于花生的谜语。但我更愿意相信小京生是一位小巧玲珑的女子。小京生饱满丰润，色泽光滑，质地细嫩，农人不会引用"闭月羞花""沉鱼落雁"之类的词，说某女子漂亮且丰满，就爱用"小红毛花生"来形容。在他们眼中，这女子长得像小京生，是多么有张力有味道的啊！

恰是盛夏，小京生也成熟了，大街小巷散落着提篮小卖的老太太，篮子里的嫩花生分明粘着泥土，湿湿的，柔柔的，溢出一股清甜。都是自家地里一颗颗摘来的花生，老的留着炒，嫩的自己吃，间或捎到市场上卖，贴补家用。

嫩花生最招人喜爱了，花生虽未完全成熟，但颗颗有内容，即使果实尚未形成，胚肉也同样好吃。洗干净了用清水煮，放点盐，连壳带肉都是咸的，烧熟了盛起来就是一碗菜，或者装在盆子里端出去，在池塘边，石凳上，月桂下，一家人围着吃，用手剥，手是湿的，干脆丢进嘴里，直接用牙齿嗑开，鲜嫩而糯。

除了嫩花生，最常见的吃法是炒花生，也就是所谓的新昌小京生了。花生要挑老的，捏着硬邦邦的那种，然后放在强烈的太阳底下晒，晒得更老些，麻点也更深些、更皱些，抓一颗在手里摇摇，会晃出"咔咔咔"的声音，证明那花生干燥了。带着阳光的味道，花生放在大铁锅里用沙或盐翻炒，微微焦黄了，便是最佳。

喜欢小京生花生，一直喜欢。倘若刚摘下的嫩花生是水润清纯的青春少女，那么炒花生便是优雅风韵的知性女子，无论怎样，都是秀色可餐的样子。

这是芋饺

这是什么？芋饺。芋艿的芋，饺子的饺。

芋饺是芋艿和番薯粉和在一起做的。特别喜欢芋艿这两个字，像一个乳汁饱满的女人，细腻软糯，内心藏着欲望，在热气腾腾的锅里跨出来，她的欲望就是迫切想要与番薯粉粘在一起。

在这里，番薯粉是她的情人，唯一的。因为她知道，番薯变成粉，千年等一回，为的是与她相遇。

番薯本是平常之物，貌不惊人，虽然长在一样的土地上，但芋艿枝叶碧绿，亭亭玉立，像撑开的荷叶，真的像啊，城里来的姑娘乍一见，就喊：看，这里有荷！

我笑了，哪有荷长在土地上啊！

从土地中走出来，芋艿是清新脱俗的，小巧精致，一身细毛，像一位珠圆玉润的姑娘，透着一股清香。

过后，她被抬进农家，安居一隅，等待上苍赐予的机缘。

她看到一筐番薯抬了进来。土头土脑倒也罢了，有的似歪瓜裂枣般，有的被虫子咬过，伤疤像蚯蚓一样。但她知道，主人挑这些长相难看的番薯，是有用意的。在主人眼里，他们登不上餐桌，只能把他们整理、粉碎，打磨成另一番模样。

番薯们列队进了磨房，在叽叽咕咕的机器声中，变成了水淋淋的一堆浆，然后被主妇们装入一条布袋，滤水、压浆，倒掉番薯渣，沉淀在水底的是白花花的一层番薯粉。

脱胎换骨。番薯粉细细的，滑滑的，比婴儿的皮肤还嫩，我觉得，天底下没有比这更润滑的粉了。

现在，他回到了芋艿身边，展开怀抱，一把搂住芋艿熟透了的滚热的身子，糅合，交融，诞生了一道美味——芋饺。

芋饺貌似北方的水饺，又有点像馄饨，它的做法很独特，芋艿和番薯粉和在一起，不用一点水，按比例调好，和着和着就成了一面团。也不用擀面杖，橡皮泥一样的面团，想怎么捏就怎么捏，但一般都捏成三角形的，里面放了馅，中间留一眼气孔。

芋饺是新昌著名的特色小吃，自清代乾隆年间流传至今。据说，芋饺是南迁的北方人发明的。他们因地制宜，将当地的特产芋艿和番薯，用北方人包饺子的做法和吃法，创造性地发明了这个小吃。

以前的新昌农村，家家户户都要包芋饺，用来招待客人。二十世纪八九十年代的新昌城，曾经有一家叫"一溜下"的芋饺店，非常有名，现做现卖，颇得客人喜欢。这名字也取得特别好，一溜下，多好啊，软糯嫩滑的芋饺一入口，居然骨碌碌地从喉咙里滑了下去，啊哟，都不知道肉馅的鲜美味道了。不，再来一个，那个香啊，又一溜下去了。

滑溜溜的芋饺，晶莹剔透，吃起来特别筋道。后来，在一个叫大市聚的地方，有人办起了一家天然芋饺厂，当时也名噪一时。可是，从机器里出来的芋饺，自然不如手工的好吃，吃着吃着就没劲了。

一直怀念手工芋饺的滋味。工厂里生产的不要，去菜市场吧，那里有几个老婆婆坐着，面前放一个粗瓷碗和一把米筛，从碗里的芋饺面团中摘一小团来，先捏成薄薄的小圆饼，裹进肉馅，三下两下就捏成了一只三角饺，然后放在米筛里，而米筛永远放不满，因为芋饺做好就被买走了。

　　当然，更欢喜的是，自己下厨亲手包一回芋饺。

来，放一贴榨面吧。

一贴榨面放下去，盛起来刚好一大碗，够一个人吃，且吃得很饱了。

在我的家乡，榨面不叫一张、一个，而是叫一贴。明明是圆饼似的一个，煮熟了形似面条，跟贴沾上什么边？我搞不懂。但这贴字用得特别妙，土里土气的榨面突然变得文绉绉了，简直很文艺。

榨面是新昌、嵊州一带的特产，嵊州的溪滩榨面和殿前榨面尤为盛名。小时候，吃一碗榨面是一件奢侈的事情，除非来了客人，或者家人过生日，才有机会品尝到榨面的滋味。

最寻常的是烧鸡子榨面。客人来了，先不烧茶，而是烧点心，哪怕快到了中午，点心也不能少。榨面适合做点心，有两种烧法，一种是鸡子豆腐皮榨面，把鸡蛋打散打透，蛋汁直接倒入锅里，与快熟的榨面和豆腐皮搅在一起，仿佛开出朵朵黄花来；另一种是笋干菜肉丝榨面，再煎一个荷包蛋，用一只高脚碗盛着，有人喜欢把荷包蛋堆在冒尖的榨面上，有人却喜欢把荷包蛋埋在碗底里。记得有一个笑话，两位女婿来了，丈母娘烧点心给他们吃，貌似一样的两碗榨面，但小女婿的碗底下埋了一个荷包蛋，而大女婿没有。丈母娘的两样心啊，榨面知道，鸡子知道！

新昌农村还流传着送"肚痛羹"的习俗，女儿做产，娘家人送去榨面、鸡蛋、豆腐皮，亲朋好友也会送一大堆来。我坐月子的时候，鸡子豆腐皮榨面，一天吃七顿，榨面就占两顿，一贴煮一大碗，连面带汤呼噜噜地喝下去，仿佛肚子永远填不饱，简直成了"七把叉"，如果胖成猪，肯定是榨面惹的祸。

应该吃腻了吧。但大米会吃腻吗？除了大米，家里储存最多的就是榨面。榨面干燥蓬松，透气性好，耐储藏，放上几个月也不会坏掉。每次回老家，母亲总会准备一大袋，说这是正宗的殿前榨面，摊晒出来的，好吃得很。其实，新昌城里殿前榨面到处有得买，不过很难说是不是正宗的。

早在明清时期，新嵊两地农村有许多榨面作坊，嵊州还形成了以生产榨面为主的特色村。榨面的制作原料是籼米，经浸泡后磨成米粉，蒸成粉团再榨成一条条长长的米线，剪下，堆在一起，摊晒成直径25厘米左右的一张张圆饼。

除了鸡子榨面、笋干菜榨面、开洋榨面这些水煮汤面外，最常见的吃法是炒榨面。烧炒榨面有一番讲究，先将榨面放在沸水中煮两三分钟，捞起，浸泡在凉水中，再沥干，这是最关键的一环，不能太干，也不能煮太软，然后放入油中翻炒，加上事先烧好的鸡蛋丝、肉丝、榨菜之类配菜，可以单吃，亦可卷在春饼里一起吃。

说起来，榨面属米粉一类，湖南米粉、广东的炒河粉都是带状的，扁而薄；云南的过桥米线是圆的，粗细如线香；而榨面细条均匀，犹如银丝，韧而不硬，口感滑爽。每到一个地方，我喜欢品尝当地小吃，桂林的螺蛳粉有名，但太辣太腥，不合口味，吃过一次就不想再吃了；云南过桥米线也要尝尝，不见得特别好吃，没什么印象了。出门在外，常常想念家乡的美食，有一次去韩国，吃不惯烤肉泡菜什么的，特别想吃榨面，回来那天已是半夜时分，直接赶到大排档解馋，黑色砂锅嗞嗞响，一贴榨面放进去，酱香飘起来，浮着几叶绿油油的青菜，白的榨面，红的汤色，无可比拟的美味啊，怎一个爽字了得！

零食记忆

似乎没有哪种零食，能够明显触动我的味蕾了。想来想去，我喜欢的零食，应在童年的记忆里。

小蛋糕最好吃了，乒乓球一样大，色泽金黄，油亮油亮的，手一捏，像女人腰肢一样软。当时我肯定没想到腰肢，只是想吃蛋糕。我喜欢吃蛋糕，与我最亲的两个女人有关，一个是奶奶，一个是妈妈。

奶奶喜欢吃蛋糕，她踮着小脚，从高台门一脚一脚挪出去，然后走过下台门、六房台门、塘沿头，再拐到街上，街两边都是小店铺，大的一家是国营商店，有一排黑旧的木门。这家店卖的东西多，有花布，也有小杂货，还有一路飘香的各式糕点。奶奶就是从这家商店买的蛋糕。

那个时候，奶奶的牙齿估计掉光了，专拣软的吃。在我的印象中，她上街去，意味着蛋糕来了，当然，三个姑姑来看奶奶时，也会带蛋糕给她。我去奶奶屋里玩，她总是在旮旯里摸索一番，递给我一个蛋糕。我觉得，蛋糕油而不腻，又香又软，是天底下顶好吃的美味了。

很想啊，真的很想吃。平时家里只有番薯糕干、米胖、六谷胖这些粗粮做的零食，洋气漂亮的蛋糕简直像天外来客，诱得我口水直流。

一次，妈妈给我零钱，让我去买蛋糕。营业员拿出一个米黄色的纸袋装满后，在袋口上左一按，右一按，然后折回，成了漂亮形状的封口。这纸袋细腻光滑，不像其他糕点用的都是粗糙土纸，因而更坐实了我的想法，蛋糕洋气高级，一定是大城市来的，一定。

还有一种叫花生酥糖的糕点，长条形，用花生、小麦粉、白砂糖做的，色泽淡黄，精致纤巧，外面用红纸或是绿纸包着，如果沾了水，这纸上的颜色就印在手上了。酥糖是我家乡的喜庆之物，嫁娶之时作为回货，而且是比较高档的回货。

谁家娶媳妇，都要分回货。一位伴娘坐在新房门口，拿一碟装了糖、花生、米胖、番薯糕干之类食品，"哗"地一下倒进你的口袋，如果口袋小，可以拽出一角衣襟，权当袋子。去讨回货的，当然都是屁颠屁颠凑热闹的小孩。

在一碟回货里，一般孩子是找不到酥糖的，除非与新郎娘伴娘等一干人沾亲带故的，那才会有，不仅有酥糖，还有红鸡蛋。

酥糖的好吃，在于香甜酥脆，入口即溶。剥开红红绿绿的纸，手一捏，长条形就松开了，但松而不散，其中有软糯之处嚼起来特别有筋道。小孩子顶喜欢酥糖了，吃完了还可以玩纸，把红色涂了脸上，绿色涂在手上，甚是开心。

童年的零食，还有炒米糕、冰雪糕、小麻饼、桂花球，这些都在商场的柜台上，总觉得，这些香喷喷、甜滋滋的糕点，是我最初的零食记忆。后来，零食多了，多得让人数不过来，可就是不晓得还对哪一种零食特别钟爱。

前阵子，突然想念曾经爱恋过的糕点，思绪悠然，专门蹓到一家叫"同兴"的百年老店，一下子购买了许多，蛋糕依稀旧时模样，酥糖容颜不改，冰雪糕凉甜如故，味道呢，味道呢，我再三咀嚼，想象坐在老家的时光里，回味，再回味。

早餐记

一天中最初的期待是什么？早餐。

焦桐先生的文字真是绝了。

台湾地区美食家焦桐痴情于美食，在他心里，这早餐分明像初恋的情人那么美好，情切切，意绵绵，当清晨的一缕阳光从窗户淡淡地进来，一天中最美好的期待就开始了。

忽然发现，写美食美味的书多了，电视里关于美食的节目也多了，尤其是《舌尖上的中国》，秒杀一群食客。不久前，在机场书店里看到该片总导演陈晓卿的新书《至味在人间》，异常喜欢，毫不犹豫地收入囊中。

吃穿住行，吃排名第一。窃以为吃得好不如穿得美，住得好，行得便。因而每天的早餐，我特别容易忽略，宁愿花时间在穿衣上磨磨蹭蹭，却不愿为自己好好煮一顿早餐，更多的时候，是在上班途中边走边吃，或者干脆不吃。

一手拎包，一手啃着大饼，貌似赶时间，貌似很敬业，终于有一天，我发现这种样子实在糟糕，后来干脆拎着早餐到办公室，冷了也不管。

终究是对不起早餐的。

早餐吃得好，午餐吃得饱，晚餐吃得少。这顺口溜能倒背如流，做起来却难乎其难。明明知道，早餐是最值得厚待的，应该像供皇帝一样的美餐。焦先生说，早餐如果"吃得粗鄙"，那一整天都会觉得"面目可憎"，如果想到翌日清晨可以吃到美味，则心中就绽放着桔梗花。

桔梗花是普通的，但一定是美丽的花。

有一段时间，突然对早餐有了一份难得的热情。

吃什么呢？什么都是好吃的。家乡的早餐真叫大全，除了寻常的大饼油条、豆浆包子，最让人热爱的是那些风味小吃，镬拉头、春饼、芋饺、汤包、蒸饺……一路吃下来，没完没了。

我住的小区对面，有一条叫青年路的巷子，不深不浅，每天一早，小摊小贩聚在巷子口卖蔬菜、卖早点，巷内有一卖镬拉头的小店，生意极好，男主人执勺舀豆浆，兼收钱，女店主手脚麻利，门口支一口大锅，边上放一个盆子，盆里是和好的面，已醒了一夜了，很有韧劲。她捏一团湿软的面粉头，从锅沿往锅底一圈一圈拉，再敲开一个鸭蛋，放上葱、蒜、酱、盐、榨菜、虾皮等，用铲子调匀铺在上面，然后烤一烤，一个形似锅状的镬拉头，挺括地呈现在面前。

此店的镬拉头很有名，远远近近的人赶来一饱口福，不过要排队，一般要排十多个才能轮到。原本是早餐的店，镬拉头却一直搡到中午，忙的时候，等中餐的队伍能拉起一排。

新昌有许多卖镬拉头的小摊，但数他们家的最好吃。

早餐摊点星罗棋布，在街上，在路边，甚至在某个无人的角落，都会找到你想吃的那一款。早餐的每一道程序都很透明，从开始制作到出炉，都在你的眼皮底下进行，或许并不卫生，然而最烟火。

陈晓卿说，最好吃的早餐都在居民区的寻常巷陌中，冒着烟火气的地方。

当早晨的雾散尽，路旁的摊档已热闹起来，浓浓的水汽中夹杂着叫卖声，你游入其中，如一尾鱼，贪恋着晨起后遇到的那一份美食，不为果腹，只为人间美味的享受。

一种叫「青」的植物

　　艾草，在我家乡被称作艾青，又称"青"。艾草是用来做清明果的，比如青麻糯、青饺。这些词儿多美，像油得发亮的绿，凝成一汪青，然后原汁原味的草香弥漫着，流淌着，不知不觉地养着你的眼，又吊足你的胃。

　　到了清明，艾草鲜嫩碧绿，长势极好，一株株、一丛丛成群结队地簇拥一起，漫山遍野都是。前几日，与同事翻山越岭，到了水帘尖下的一个小村子，寻访一对长年居住在大山深处的夫妻。时近中午，夫妻却下山去了，我们一边等一边踏青。

　　此地几里之外荒无人烟，仿佛世外桃源。天很蓝，衬得云更白，风徐徐吹来，清爽宜人。更喜的是山冈上有一片凝翠的绿，旁若无人地蓬勃着，那是艾草啊！形似菊花叶的艾叶顺着淡紫的嫩茎向上错生，仰面朝上的叶子汪青滴绿，背面却是毛绒绒地泛白，在微风中，它正散发出一种馥郁迷人的馨香。

心已微醺，真不能辜负这片绿啊。剪念这女孩儿，也是极喜花花草草的。算不算贪婪呢，反正我俩是彻底放纵，一株一株地掐，一掐都有绿汁流出来，染绿了指尖。

一株株艾草温顺地躺在塑料袋里，满载而归。

那么，做青饺吧。

做青饺，说难其实也不难，大致流程我懂。趁着一份难得的热情，我抓紧动作。将艾叶洗净，水烧开后把艾叶放进锅里煮两分钟，捞起来再用清水泡一泡，漂去原色和苦涩味，然后用刀剁碎或捣烂成糊状，这时，另一主角糯米粉就登场了，两者搅拌在一起，搓均、揉压到一定的韧性，直至粉团细腻而不粘手。

我取下一点绿油油的粉团，揉透压扁，随即左右手拇指和食指同时转着圈儿捏，捏成薄薄的圆片皮儿，放上红豆馅，做成三角饺或团成小圆球。再有一种，把圆皮儿对折，沿着双层边儿捏成弯月形，如果想漂亮些，再沿着薄薄的边儿捏出穗状来。

放锅里蒸了，透过雾蒙蒙的热气，依然绿得发亮，随之飘来一股淡淡清香。

清明捣麻糍，过年做年糕，这是新昌民间流传至今的风俗习惯，而青饺、青麻糍是清明时用来祭奠先人的。每年清明，我老家都会捣麻糍，捣麻糍并不简单，工序较多，且需要一定的人手和劳力，特别是捣麻糍的时候，男人高高举起石捣杵，像轮大锤一样，一下一下把蒸熟的糯米捣成粘湿的粉状，女人在石臼里不断地翻动，捣烂成团后起春，放在加工的面床上，然后散一层番薯粉或松花粉，用面杖擀成半寸来厚的片，切成方块的就成了淡麻糍，切成条加豆沙馅的就成了甜麻糍，加炒菜馅的就是咸麻糍。

如果在糯米中加入艾草，就做成了青麻糍，青麻糍也分淡、甜、咸几种，只不过颜色深绿，更诱惑些。如今，捣青麻糍的并不多，若是有闲了，或许会上山采些艾草来，在清香荡漾之中引来一群人围观，等着吃清甜香软的青麻糍。

清明节，最怀恋的是青饺和青麻糍，当然，还有一种叫"青"的植物。

风中飘来酒的香

村里有酿酒的习惯，几乎每家都酿。酒是糯米做的，加了红曲，颜色格外好看，犹如桃花般鲜艳。酒舀进白瓷碗里，便觉是一位白衣胜雪的桃花姑娘，十分讨人喜爱。

父亲酿酒的年代，我还小。一缸酒存放在新屋的楼下，用盖子盖着，隐隐有香百折不挠地弥漫过来。我好奇，经常跑去闻，还偷偷地掀盖子看一眼。

吃饭时分，父亲会唤我去舀酒，通常舀一小碗。一路上，我会悄悄地抿一口，真甜！甜到心里去的甜！

这种酒被称为"自做老酒"，与店里买的绍兴老酒一样，深得父亲喜欢。我却喜欢自做老酒，单是那颜色足以打动我，打动小女孩一颗明媚的心。其实，我不会饮酒，但那酒特别甘甜，简直像饮料一样。不过特别甜的时候只有十来天，之后就略微有点酸味了。

父亲喝酒，每餐一小碗，喝到目光迷离脸微红。我家姐弟四人都不喝酒，等到父亲酿酒了，等到桃花红的酒甜了，我才有喝的冲动，父亲不阻拦不鼓励，随我。一次刚巧口渴，酒又甜又凉又爽口，咕咚咕咚喝下一小碗，抹了抹嘴巴走出家门，突然身体有了反应，脸红耳赤那种，我知道我是醉了。

也许是不易保存，也许是嫌麻烦，后来家里就不酿酒了，在我的记忆中，只留下桃花色的甜的味道。

及至有了工作，有了那种叫酒的东西一路相伴。

第一份工作，与我妈妈同一个企业上班，那些同事都被我称作叔叔阿姨，好像置身于一个大家族似的，而我只是一个小毛孩。党委书记姓潘，有点耳聋，爱酒出了名，人称聋鬓书记，若遇上对手，哪怕上班也会拿出一瓶酒，像喝茶一样，坐着对酌，喝到五六分醉就歇手，刚好脸微红。他喝过酒的样子叫慈祥，慈祥地搬出大道理，慈祥地指出你工作上的不足，趁着酒兴，厂里的大事难事化作绕指柔。

单位有客人来，要应酬，但也随意，没人往死里劝酒。聋鬓书记像我的父亲一样，连喝酒都是慈祥的。

后来陆续换单位。不知什么时候起，喝酒成为工作生活的一部分。酒喝好，事办好，酒席上说事，成功率十有八九；当然，不办事也喝酒啊，朋友一起聚，同学一起乐，喝也得喝，不喝也得喝，无酒不成席嘛。

曾经喝过最豪迈的酒，明知道自己不行了，但拗不过劝酒，禁不住怂恿，一口气上来，豪情千纵，酒算什么？酒是水嘛，来，干了！仿佛成了女英雄，三杯上马去，哪怕狂醉。也喝过最薄凉的酒，工作不如意，人情薄如纸，一个人躲在房间里喝闷酒，喝着喝着和着泪水醉了睡。还喝过最忘情的酒，三两知己，聊着聊着，越来越投机，一杯接一杯，每一杯都要干掉，星光灿烂的我们啊，终于都醉了。

喜欢偶尔的狂醉，但已经太少。

后来学会自己爱自己了，自己不喜欢的东西，不做；喝酒也一样，要喝也是微醉，脸淡淡地红，心慢慢地暖，一切恰到好处，像晚风轻轻吹过秋天的树梢。

记
忆

我家弯弯

弯弯是我家的一条小狗。抱来的时候才一个月，儿子比画了下，说只有一只拖鞋那么大。

家里养狗，我真心不愿意。一是怕烦，二是怕脏，对这些毛绒绒的东西，有种骨子里的厌恶，疑心"毛"里会藏着什么，人在桌上吃饭，它却举着尾巴乱窜，或者蜷缩在桌下，所到之处，总感觉有毛附焉。

但儿子喜欢。读高中的时候，老师布置作业，给家长写一封信。儿子洋洋洒洒写了两张，语言诙谐幽默，结尾一段直接逼了过来：反正，我以后是一定要养狗的，等俺大学出山了，俺就养。如果连狗也很难养的话，那不好意思了，你们盼星星盼月亮的孙子就盼不出来了……

长大的儿子，心愿是养一条狗。

鹦鹉、仓鼠、小金鱼、小白兔……儿子都养过，这些动物很安静，送它一间房子，喂它一点粮食，就死心塌地成为你的宠物。而狗不一样，它需要一方天地，需要一个让它释放心灵的地方，它的需求几乎类似于人，希望你能够与它交流，眼神、手势，甚至语言都可以。

狗，根据不同的标准可分成几十几百种，如牧羊犬、猎狗、狼狗、警犬、藏獒、哈巴狗、宠物狗等，土狗是最普通的一种，是狗族里的"平民"，命贱。弯弯是土狗，在我家却娇贵得像公主，可谓是丫鬟身子小姐命。

最明显的一点是当宠物狗来养的。家人抱它到宠物店里打各种疫苗，洗澡修指甲，吃最好的狗粮，还给它买来一个漂亮小窝。最开心的是儿子，抱着它举上举下，摸摸毛发，逗着玩；弯弯只要听见儿子的脚步声，老早伏在了门口，一见就激动，高兴得撒欢炮蹶，仰面翻滚，缠住他的双脚，一刻不离。

家里所有人都对它好，我算最薄情的一个，它的吃喝我不管，只要它不当着我的面拉屎拉尿，我也可以不管。

但终于不能无视它的存在。

我希望在露台上搭窝，让弯弯安家，家里人说弯弯太小，要住客厅。住就住吧，可不要打扰我们的正常生活哦。弯弯这小东西，明明给它喂了狗粮，还见不得我们吃饭，准得在饭桌边磨蹭，好不容易把它赶到露台上，关在门外，它却在外面狠命地刨地、挠门，哼哼唧唧，弄得你不胜其烦。有一次，居然爬到了沙发上，把靠垫都拱下来了，我气得要命，一把拎起摔在地上……

转眼间，弯弯在我家生活了近三个月。三四个月大的狗狗，还是小孩呢，你能要求小孩怎么做？先生宠着弯弯，担负起教育的重任，不几日，弯弯似乎能听懂他的话了，叫它站立就站着不动，叫它坐下居然像模像样地蹲下后腿。

都说日久生情，连狗也一样，何况是通灵性的狗。躺在沙发上看书，一扭头就见弯弯坐在门口，湿漉漉的眼神有些落寞，我最见不得这种眼神，心一软就呼它过来，喂它好吃的。空闲的时候逗它玩玩，也觉得蛮开心。

其实，我家弯弯长得清秀匀称，很耐看。黄褐色的毛掺和着些许黑色，尾巴黑色居多，经常蜷曲成一个句号；耳朵外侧是黑色的，像镶了一层好看的木耳边；嘴巴鼻子全黑，黑眼睛周围一圈淡黄，远远望去如熊猫眼一般。

——貌似一个惹人爱怜的孩子呢。

海黄，海黄

海黄，是我在蟠龙山认养的一棵牡丹。

蟠龙山上，今春应是别样景致，洛阳嫁过来的牡丹都在悄悄打扮，随时准备露出一脸微笑。

清明节前的一天，蟠龙山居主人老袁在朋友圈上发了一条微信，拍来一些绽放的牡丹，还作诗一首：一场风雨后，花开露沾襟。洛阳翘首望，新昌低头放。古今多少事，盛衰都是诗。问询赏花人，雅俗可辨姿？

于是，弱弱地发去一条信息：我认养的海黄可曾开花？

因为你对她不好，所以未曾开放。

对她不好，是因为我没有去看她。半年前，得知老袁从洛阳移植过来许多名贵牡丹，我说我认养一棵吧。老袁说，四大名品均被人认养了，海黄还待字闺中。

那么，就海黄吧。

海黄是我的，住进我心里了。却一直没去看她。

对一些花花草草，我是极喜的，但不会侍弄，只希望她们突然开了，突然在我面前灿烂成红红绿绿的样子。办公室种两盆花草，一盆君子兰，一盆仙人球，每年都得换新的，因为在我手里，她们的寿命不会超过一年。所以我对自己种花养草没有一点自信。

哪怕认养了海黄，我依然没有尽责。对她不好，她怎肯为你开放？老袁的揶揄不无道理，他说我是"叶公"，我认了。啊哈，但她开花的时候我就喜欢了。

看着别的牡丹争奇斗艳，我急了，一定得去催催她啊！约了晓蕾直奔蟠龙山。晓蕾喜欢牡丹，几次要拉我去洛阳。洛阳我已去过一次，但牡丹开败了，只寻了几棵花籽回来。去过便觉见了面似的，所以一直磨蹭着。听说蟠龙山牡丹开花了，晓蕾急着先睹为快，两人飞也似地到了山上。

先是见了海黄。海黄种在山居前一块狭长的园子里，株形半开张，几根青绿色的茎努力向上伸展，叶边带着锯齿，有点淡红，似乎有枫叶的风范，但比枫叶更含蓄，也更细致些。六个花苞若隐若现，躲在枝叶下微微含笑。

目光一次次抚摩，心里一遍遍叨念。她会开吗？她会开吗？

蟠龙山牡丹多达20多个品种，姚黄、魏紫、欧碧、赵粉四大名品像四大美人，各自妖娆，开着艳绝的花。唯有海黄独自沉静，仿佛纤尘不染的仙子，在姹紫嫣红中保持一丝清新。其实，海黄属蔷薇科，是美国、日本的改良品种，在众多牡丹品种中，属晚开一类。

两天后再去，见花苞更饱满了些，略微见到里面黄黄的颜色了。这一次去，还有上虞作协的作家们，我拉着雍容典雅的慧莲在海黄面前拍照，不停地默念：海黄海黄，你一定要开哦！

老袁踱过来说，这花估计明后天就要开了。

真的是。第二天晚上，老袁发来照片，一朵微开，另外两朵含苞待放。还说，明天应该是她最美丽的时刻。

你若不来，花便不开，你若即来，花开满山。等不及了，第二天瞅了个空，悄然上山。山上空无一人，唯有我和海黄，海黄开了三朵，侧脸而放，参差地落在绿叶丛中，那黄色花瓣似抹了一层奶油，金色的花蕊，白色的花边，犹如一个漂亮的"金发洋娃娃"。

牡丹花分九色系，黄色尤为名贵，虽说海黄是外来牡丹，却可与姚黄一较高下，更可贵的是，国旗上的黄色就是取于海黄那样纯正的黄，而 2008 年北京奥运会开幕式上，中国国旗手穿的衣服就是由"海黄"制成的染料染制成的。

因为喜欢，便是最美。我的心里，她是海黄，是最美。

会呼吸的青菜

离城不远的一处山居，是朋友的祖传老屋，泥墙黑瓦，青藤缠绕，已荒废多年，现略作整修，室内搭起土灶头，置两口大锅，周围种些瓜果蔬菜，随手采摘便可做成一餐。是日，呼朋唤友去老屋玩，在门前的菜地拔一把青菜，碧绿碧绿的叶子上，勾勒出一道道鲜活的经络，仿佛能呼吸的样子。朋友说，这棵菜灵魂还在。

不炒，而是烧成清汤。清清淡淡，原汁原味，柔软的绿，像一条条温暖的小手，一下子抓紧了我的胃。

实在是喜欢鲜嫩的、活着的青菜。两年前患了眼疾，不能看书写字，心里无比纠结，只好四处遍寻绿色，养我这双不争气的眼睛。已是万木萧索的冬季，朋友拉着我去乡下野餐，带了几斤面和切好的肉丝，在一片空旷的野地上，捡几块石头垒起一个土灶，一边生火一边寻找野菜。

野菜了无影踪，倒是寻得几块菜地，绿得发黑发亮的乌油菜大朵大朵地开在地上，像花一样，在冬日的天地里十分耀眼。我坐下来，死盯着这片绿，恨不得这片绿能钻进我的眼珠子里，换出一片清明。不远处走来一位村妇，见我盯着菜发呆，就过来搭话。我灵机一动，问这地是谁的，能不能讨几棵青菜。村妇说，是她隔壁邻居的，没事，你们就拔去吧，多少都没关系。

乡下人淳朴热心，自家种的菜不会计较。乌油菜拔来洗了，几乎以活着的姿势飘进了锅里，青菜肉丝面的香味弥漫在山野间。那次，我只记得青菜的味道，真是好吃得不得了，听说乌油菜天冷了才会转甜，农家又是用草木灰施的肥，不仅鲜嫩，还脆生生的甜。

如今，人们都喜欢往乡下跑，除了蓝天白云的美景，最大的诱惑还是农家的新鲜果蔬。因为农民们自己种着吃的青菜，很少施肥和打农药。住在城里的人，也会在园子里和阳台上，想尽一切办法种出一片绿。

虽然我在农村长大，但不事农活，自然也不会种地。看到家家户户都会长出青绿的果蔬，眼热了。我家门前有个露台，曾划出一块作为花园，种植了茶花、桂花、红豆杉、桃花什么的，一次心血来潮，在不大的花园大动干戈，砍掉了桃树，移走了桂花，硬是辟出一小片地种上青菜。

菜是种了，种的是小油菜，冒出了芽尖，长成了汪青碧绿的样子，非常清新可人，宛如一个天生丽质的纯情少女，令人眼睛一亮。再去看的时候，却发现嫩叶被咬成一个个洞孔，原来是蜗牛惹的祸。平时我见到虫子之类的东西，往往头皮发麻，心里极度惶恐。农村来的亲戚帮我捉掉了这些蜗牛，但不多久，这些软体蜗牛又齐刷刷地冒了出来。我自然不会捉，也不敢捉，眼巴巴地看着一片片绿变得千疮百孔。

会呼吸的青菜，被窒息，被摧残，不忍看。

有味在人间

希望有这样一个地方，满眼的绿，小清新的风，地道的农家菜，一鼻子的香……不用多想，大快朵颐吧。

舌尖上的诱惑，就像漂亮女人勾魂摄魄的媚眼，不迷不醉不罢休。

这年头，吃饭不仅仅是解决温饱，还要追求舒适和格调，尤其朋友来访，务必找个清雅之处，选个有品位的地方。窃以为，赏心悦目的环境最重要，其次才是舌尖上的美味。

曾经有一段时间，迷上一家生态酒店，那里的环境特别美，还有地道的家乡特色菜。酒店设在达利丝绸园内，古桑掩映，透着一种青绿的味道。

小桥流水。水是流动的，清澈见底，偶尔有小鱼儿跳跃着；桥是拱形木桥，一座连一座，小巧精致；绿色的草坪、蜿蜒的小道绕水而转，忽然间，一个手端盘子、脚踏溜冰鞋的服务生从身边一掠而过。

植物屏风。安静，安心，用绿色植物隔成半开放的空间，在一个个小包厢里，四周都是养眼的绿，杯盏交换之间，绿的小手不露声色地招呼每一个客人，及至酒酣，又悄无声息地安抚着你，没有理由，就这样放心地把自己交了出去。

灯笼出浴。在一缕江南的韵味里，高高悬挂的红灯笼似出浴的美人绽放空中，惊艳的红与惊心的绿，纠缠出一种绝色的美。

若说有水，必然有山。落在酒店里的山，是亿年木化石吗？是千年桑树干吗？想着想着，思绪飘到沧海桑田的远古年代。

回过神来，抬头见到方方正正的一片苍穹，隔着一层毛玻璃，阳光温和地洒落在6000多平方米的玻璃房内，新风徐徐，便觉得自己像一颗星球，随时会飞起来，飞向遥不可知的宇宙。

生态酒店之美，先热辣辣地刺激着你的感官，而真正的食物之美，味蕾之美，还在源源不断涌来。

酒店缘于丝绸，与桑有关，自然有一些特色食物，如达利红桑果汁、干红桑葚酒，这酒，取材于优质的桑果原汁，似桑葚般殷红；那香，浓郁幽雅，喝一口通体舒畅，据说是划时代的革命性新型红酒。

还有醒酒的桑叶茶，这茶，清香甘甜，鲜醇爽口，有长寿茶之称。

桑叶面、桑叶炒蛋、桑叶糕、桑园手撕鸡……说不完的桑之食品。

不能少的，自然有当地的特色小吃。镬拉头、糖麦饼、芋饺、春饼，最喜欢的是这里的镬拉头，正宗地道的新昌特色小吃，一个平底锅，一位大嫂专门伺候着，她先拿油揩在锅里一擦，用手抓起一团事先调好的面粉，往锅里一放，一拉，从外由内，成薄薄的一张，然后打上鸡蛋汁，再放上榨菜、虾皮、葱花、大蒜等佐料，卷起来吃，脆生生，香喷喷，很讨巧的一个小吃。

还迷恋过这里的沃州湖剁椒鱼头和镜岭清蒸螺蛳。前者十分浓烈，那一层层的辣椒，一层层的红油，浓得要溢出来，胃口大好的时候，有一种猛然遇见的欢喜。后者却是清淡的，一锅螺蛳用清水蒸，少许盐，放上大蒜、小葱，清香扑出来，腥味鲜味都是淡淡的，盛在一个精致小木桶里，有一种低调入世的感觉，散淡悠远，绵绵入心。

有一种诱惑在舌尖上。如果，如果再来一瓶红桑果酒，喝着喝着就要被醉死。

去茶楼小坐

去茶楼小坐，醉翁之意不在茶，在乎三两知己聊聊家常，图的是那种清雅闲适的氛围。茶楼多是中国式的建筑，飞檐翘角，木花格窗，古色古香；一杯煮沸的茶，缭绕着一缕缕香气，时而孤直升腾，时而袅娜飘逸，如果临窗吹来一阵微风，她们便随风飘散，悄无影踪。

在绕来绕去的清香里，我承认自己是看客，各式各样的茶，在我眼里只是茶。当然除了我家乡的龙井，像老朋友一样熟稔的龙井，从发芽到成长，从采摘到炒制，从泡茶到品味，每一道流程我都熟悉，每一次蜕变我都看见。

至于大红袍、金骏眉、铁观音之类，我不善辨别，也喝不出名堂来，面对烦琐和考究的茶道表演，暗里想，如果不好好品味，岂不辜负朋友请茶的情？

去茶楼，倾心的不是茶，而是喝茶的心境。有朋自远方来，约在清源茶楼小坐，恰是初冬季节，万物肃杀，茶楼却一片春意，进门见一小盆栽，种的是铜钱草，碧绿碧绿的叶子撑开，水润饱满，像撑起了一朵朵小伞。更有陶壶一把，壶嘴里长出一条绿油油的嫩枝来，不知道是什么植物，居然别致成这等模样。最喜的是三两梅枝，斜插在一个古瓷瓶里，居墙角一隅，犹如一骨感美人，清冽冽地散发出幽香。

便一下拉近距离。朋友依次坐定，老朱亲自把盏，烫杯温茶，然后将乌龙茶放入茶壶，注入沸水，又迅速倒出；再冲泡，手起壶落间，有个漂亮的手势叫"凤凰三点头"。等一小盏茶放在我面前时，我知道不能任性了，我必须装成品茶模样，闻着杯中的香轻啜慢饮。

把茶玩成艺术就是所谓的茶道，体味享受这门艺术就叫品茶。有人说，只有懂得茶道的人，才有资格品茶。懂茶道的人，喜欢去茶楼小坐，是品茶；不懂茶道的人，亦去茶楼小坐，自然是喝茶。细细想来，确有几分道理。

以前喝茶，只知道好喝就行，拿起杯来一饮而尽，犹如喝酒之豪放，甚至比喝酒更爽快，渴了才喝茶嘛！品茶就不一样，要慢慢喝，将茶汤浅抿入口，含于口中，在舌头两侧来回旋转，让茶香弥漫在齿颊之间。

老朱是茶楼老总，自然懂茶道，谈笑之间泡定一壶茶。席间还有几位茶人，各自取出好茶来，泡了喝，喝了再泡，闻香说味，自得其乐。一位网名"细腰"的女子，从素雅香袋里取出一个青瓷小碗，淡青色的碗边，刻着"细腰"两个字，边上落有一鲜红印章，煞是漂亮。老朱把茶水斟进她的杯里，半杯的水，刚好没在两个字的中间，此刻，午后的阳光穿过窗棂，照进青瓷碗里，"细腰"两字摇摇晃晃，倒映碗底，一撇一捺交代得清清楚楚，汤色微漾之中，简约得如同一个身世清白的小家碧玉。

时光轻慢，宁静无比。

茶道里的精致和韵味，仿佛是一出戏，其实也是一场戏，在某些演出甚至会议现场，都当开场戏来演。这种集表演与实用为一体的饮茶方式，自然是茶楼里常有的一幕。我虽粗陋，但身处其境，装高雅状，端起小盏，微饮之，慢咂之，徐徐缓缓，一波三折，至于能否品出茶中三味，我就不说啦。

散落在乡下的年味

今年雪多，一场接一场，空旷山野又转眼"白头"，山和树仿佛换上一件外套。炊烟袅袅升起，与堆积在空地上的雪、散落在树梢上的雪，互为风景。

腊月二十三日"小年"过后，就进入了过年模式。大人们忙着祭灶、扫尘，而在我眼里，乡下过年的气氛，是从杀猪开始的。清早起来，猪的号叫声响得很彻底，我知道，这猪没救了。屠夫磨刀霍霍，一刀截向猪的咽喉，鲜红的血如水一样流淌。这时，一大桶滚烫的开水在边上侍候着，一脸死相的猪就被浸泡在热水中，屠夫老练地扯着猪耳朵，在水里滚上几圈，然后刨毛、开膛，一样一样取出五脏六腑。

如此血腥的场面，却是欢喜而闹猛的，大人们忙里忙外，小孩们嬉笑尖叫，年味就出来了。

年是什么？相传年是太古时期的一只凶猛的野兽。每到年末的午夜，年兽就会进攻村子，头上的犄角就是屠杀武器，凡被年兽占领的村子都遭受到残酷的大屠杀。屠杀结束后，年兽会吃掉所有人的头颅。为了防止有人诈尸或侥幸逃脱，年兽假装离开村子后折回来屠杀幸存者，甚至让村子发生剧烈的晃动。就连婴儿、孩童都难以幸免。

人们知道年兽怕红色、怕巨响、怕火光的三大弱点，聪明的人类想出办法驱赶年兽，每年除夕，家家户户紧闭大门；贴红联，穿红衣，燃爆竹，后来就有了"过年"。年兽被赶跑了，人们就敲锣打鼓，走亲串友，道喜问好，后来就演变成了"拜年"。

爆竹声声除旧岁，大年三十，连灯光都很激动的晚上，鞭炮就成了主角。男孩子手里拿着一串，后面就会跟着一群更小的孩子，胆大的帮忙点火，胆小的女孩躲在墙角捂紧耳朵，却又张大眼睛看稀奇。调皮一点的男孩，会故意把鞭炮扔在女孩面前，吓得她们哇哇乱叫。

我爷爷七十大寿，是在正月里做的。一大箱爆竹摆在门口，只有父亲一个人在放，一个接一个的爆竹升上天空，硝烟弥漫，震天响声不绝于耳。也许嫌太吵，也许太投入，到最后，父亲居然紧闭嘴唇咬紧牙关，一副拼命决战的样子，整个身子湮没在烟雾之中。从"战场"上撤下来，父亲觉得眼前一片空白，耳朵突然失灵。

一场爆竹输掉了一只耳朵。面对以后要"侧耳倾听"的父亲，姐妹们真是哭笑不得。

说到这里，其实还没有结束。大年初一，有的地方还要放上"开门炮"，象征着开年大吉。然后吃过早饭，穿上叠在床头边的新衣新裤，开始走门串户拜新年了。

过年的味道，就这样浓烈而又甜蜜着。那些陌生而又熟悉的场景，被一阵又一阵的风吹远，又走近，定格成一幅美丽的年画。

老手艺时代的美好时光

美好的旧日时光，像春天的桃花一夜之间醒了过来。固执地占据我脑海的，是一些渐行渐远的老手艺。

我时常感到庆幸，从当初物质匮乏的年代里熬过来，步入财物丰沛的经济社会，恍如一夜梦境，天上人间，因而更怀念那些曾经流行的、如今逐渐消失的一些事物，比如打铁、手推剪理发、铜匠、篾匠等。

家在新昌的一个小镇，小时候最喜欢那些"鸡毛换糖"的货郎担。都说天台人天生会做生意，说不定什么时候，天台货郎就上门来了。一听到拨浪鼓叮当响，我就迫不及待地跑出门去，看母亲换些针线，换些烟酒，我趁机沾些光，换一些花花绿绿的糖果，还有女孩子喜欢的橡皮筋。而母亲拿去交换的东西，无非是鸡毛、鸡肫皮，牙膏皮也行呀，那时的牙膏皮是铅做的，值钱。

天台人走村串巷做生意，也能住下来为我们织布。有一个天台人，每年扛一台织布机来到村里。我家住的台门共有十多户人家，如果每家都织，他就要住上几个月。台门里的人跟他混熟了，叫他"腰机师傅"，我母亲腾出一间空房，放他的布机，于是一天到晚响着咣当咣当的织布声。

织布的人为啥不叫布匠而叫腰机师傅？我心里纳闷。后来晓得这种古老的织机，是以人的身体作为机架，织轴用腰带缚在织者腰上，故有腰机之称。腰机师傅一天到晚坐着织布，随着梭子一左一右地来回穿梭，白纱线转眼成了白土布。

老手艺时代，更多的是土生土长的手艺人。当时，农村里的小伙没啥出路，学门手艺就能养家糊口。镇上随便一找，就有你需要的手艺人上门服务。每当农闲时分，整个台门就不得闲，不是这家雇篾匠，就是那家请木匠，一时半会歇不下来。雇用人家，得像客人一样看待，不仅付工钱，还要一日三餐好菜好饭，外加一餐点心。

雇得最多的是木匠和油漆匠，其次是篾匠。女儿出嫁，做嫁妆是必须的，樟木箱子、三门大橱、五斗橱、梳妆台什么的，一如现在的家电家具要一应俱全，这木匠就得做上几个月。我大姐出嫁，在堂屋摆开场面，请来一个有名的细木匠，带来绳墨、凿子、锯子、斧子、刨子等工具，他取来一段木头，然后伸展绳墨，手指轻轻一弹，一根笔直的墨线就画了出来，按照这根墨线拿刨子刨平，用量具测量，制作成各种家具。整个过程中，我喜欢看木匠弹墨线，那淡淡的墨香很好闻。

再讲究一些的，要在家具上进行手工描花或者雕花，我母亲结婚是一张雕花大床，后来家里还做过一张大床，床四边描着一些花草鱼虫之类的小画。

等我结婚的时候家里都不叫人做家具了，都是买现成的。幸亏大姐做嫁妆的时候，我搭顺风车，做了一个精致的梳妆台，那暗红色的椭圆形的梳妆镜台，雕了一串不晓得叫什么的花儿，一朵一朵开着，雅致古朴，还配了一条凳子，也是仿古雕花的。

也许，这是我唯一保留下来的传统手工艺了。不是我们不喜欢，而是世界变化太快，市场上有的是漂亮家具，既便宜又上档次，谁还请木匠做慢条斯理的手工活儿呢。

　　传统手艺是民间几十年、几百年甚至上千年文化艺术的精髓体现，然而，随着工业生产的冲击和人们生活水平的提高，许多我们熟知的老手艺，正逐渐淡出我们的视野，甚至消失。不管这些年代久远的手艺有没有未来，但留给我们的记忆是美好而真切的。其实，生活中有许多让人愉悦的东西，散落在不起眼的角落，那些传统需要唤醒，更需要传承。

质朴的山里人家

我一直坚信，山里人有种天生的特质，那就是纯朴好客。像路边的一棵小树，不起眼，但成风景，不经意间，它可以成为你登山的拐杖，也可以成为冬日里的暖阳。

之所以那么比喻，理由很多。而强烈占据我脑海的是一个农妇，一个为我们爬到树上摘柿子的农妇。这个农妇，其实应该称她老婆婆了，年龄70岁左右，家在新昌沙溪。

新昌沙溪镇王罕岭是书圣王羲之隐居之处，据说他在此创建了金庭道院，前几年还发现了书楼墨池遗迹和一些陶瓷器残片，因而成为旅游新热点。那是秋天的中午，我跟随驴友们慕名来到王罕岭，这里山岭崇峻，树木茂密，山上有外湾和里湾两个小村，十来户人家，生活平静恬淡。当五六十人的队伍浩浩荡荡地向村里"进军"的时候，村里人都站在门口看"西洋镜"，他们的笑脸比阳光还明媚。一位老农民刚挑着担子回家，连忙从屋里搬出凳子来，站在一边擦着双手呵呵直笑，激动的模样仿佛见了久违的亲人，而后又折回，提出一个篮子，篮子里都是红澄澄的柿子，个个熟透，很诱人。他挨个儿递着柿子，一定要我们吃。

里湾村路口竖着一块"古金庭观遗址"的碑，村前屋后有许多柿树，树叶落尽，光秃秃的树干和枝丫间，火红的柿子像一只只小灯笼悬挂着，点缀在山野间，有一种空灵美。

"哇！太美了，太好了！"驴友们惊呼。村里人都说，你们尽管去摘好了，没事的。

"可惜长太高了，摘不着！"驴友嘀咕着，坐下来欣赏美景。这时，一位头发花白的老婆婆走过来，一个劲儿地招着手，要我们跟她去摘柿子。我好奇地跟她向后山走去，老婆婆走路很快，转眼来到她的自家地里，二话没说，噌噌噌地爬上树去，麻利地折下一吊吊柿子。

据说柿子树很脆，容易折断，又没有防护措施，一个老妇人居然在两人多高的树上攀来荡去，我的心都吊在嗓子眼了。

"你快下来，这样太危险！"我们在树下大声喊她。老婆婆没理会，瘦小的身躯像猴子般敏捷。树顶上结着很多柿子，她昂起头，向左边的树枝上攀去，伸出右手，倾斜着身子，看看够不着，又踮起脚，使劲往上攀缘，终于摘到柿子，她开心得笑了，不停地向下扔，扔够了才肯歇手。

地下一堆柿子，在茅草丛中特别亮眼。老婆婆说要把这些柿子全部送给我们，给她钱，她不肯要，我过意不去，把随身带的水果、零食全部留给她。

本真的山里人，似山泉一般透明。采摘游流行之风，远远没有吹到此地，自家产的东西，随便送人，像随手做了好事一般开心。

千转百回间，忽然看见这老婆婆又拎着一壶开水，向我们坐着的地方而来，脸上盛满笑容。

春日，与老屋的一次邂逅

已是春日光景，一切繁华缤纷。花，该开的开；草，该绿的绿。没有丝毫修饰，就那么放肆地穿红着绿，美了起来。

连城里都驻满了春天。紫薇、樱花、玉兰，还有许多我叫不出名字的花儿，站在街边笑。本来自由散漫的花草，被谁巧手一弄，摆放成精致的图案，在某个路口作为一种标志代表城市的形象。

纵然满城春色，但忍不住想去乡下踏青。

无意间又一次来到了蟠龙山。这里是老袁的祖传老屋，据说他爷爷居住过，历经几十年的风雨，有些旧破，像一个风烛残年的老人，孤零零地兀立在山野之中。去年第一次来，觉得一片荒凉，没什么好。老袁却兴致勃勃，计划他的改造方案，说要在这里居住。当初以为是他说说而已，荒郊野地，就不怕半夜里跑出一个狐妖来？

这期间，零零星星听到蟠龙山居热闹起来了，他也拍过一些照片给我看。二楼依然是一溜旧板墙，一楼却砌了新鲜的水泥砖，仿佛是一个穿土布上衣、着西裤的一个老男人。还听说，隔三岔五有许多文人墨客、新朋旧友相聚，吟唱老屋，写一些诗文和墨宝。

而这次去，却是添了一些感慨的。

依然是老屋见惯风雨的神情，依然是照片上不伦不类的模样。但门前道地整理过了，新增了造型别致的石桌石凳，门前屋后种上了青菜瓜果，挖了池塘、水井，老屋里面砌了土灶头，灶前堆满柴爿，烧水做饭方便得很。

老袁正躺在懒椅上唱京剧《红灯记》，用假声唱李铁梅，高高低低的腔调跑遍整个山野。我们一到，他关掉声音，泡一壶大佛龙井，整个院子便飘起茶香。门前一棵杏树，大而茂盛，青杏结着果，快熟了，不远处有一片梅林，摘梅入口，有点酸涩，味正。周围松树成林，还有错落有致的瘦竹，这里一丛，那边一丛。不知名的鸟儿经常跑出来，也不知道站在哪棵树上，突然地叫上一两声，打破这里的宁静。

如此正好，景色宜人，寂静欢喜。七八个人，意趣相投，道地里坐着，聊聊文字，说说往事，还可以随意地与蚕桑、土豆对话，时光便走得很快了。

前不见房，后不见屋，左没有人家，右没有邻舍。这样的乡下老屋，已不多见。猛一相见，会突然想到一个词：离群索居。不知道老袁的祖辈如何把房屋建在这里，应该不单单是风景优美的缘由吧。我想。

"我喜欢这样远远地聆听，那些蜜蜂般发甜的雨滴／我喜欢这样坐在篱笆围拢的道地上／跟杏树和梨树交谈／这两位春天的短暂的亲春。秋天了，我们坐在这面山坡上／眺望一个虚构的、各自我们暮年的湖泊／等待明月降临，接受山风和松涛的教育……"这是诗人蒋立波对这个老屋的念想。

是的，老屋是一种念想，一种记忆，更是一种寄托。闲了，搬一把懒椅，躺在阳光下聆听春风秋声，是身心的最大享受。

"老屋是不能倒塌的，不单因为老屋是祖业，更重要的，是我强烈意识到那是我的某一种精神象征。"老袁如此解释他对老屋的情结。

旷野苍茫，远远望去，老屋亦新亦旧，一身沧桑，立于大美之春。

水一样的越剧

这样的夜晚很沉醉。

凉薄的秋风，携着桂花的清香，一阵又一阵，从这边飘过来，又从那边荡过去。霓虹灯下，新昌江滨公园渐次热闹起来，跳舞的、做健身操的，还有来来往往的行人，边散步边动筋骨。靠近兔毛衫市场桥头的六角凉亭内，人头攒动，优美动听的越剧冲破人群，回声悠远。

好听的越剧，水一样的旋律。这个地方，是戏迷们的天然舞台，若喜欢唱越剧，谁都可以来一段，且有二胡伴奏。一些女子吃完晚饭，匆匆穿过夜色，带着内心的欢喜，拿起话筒，就有咿咿呀呀的声音划过水面。

这些唱越剧的女子，字正腔圆，婉转悱恻，是我以前喜欢的那种味道。我喜欢远远地站着聆听，这样似乎更适合心境。

说不上特别喜欢越剧，只觉越剧很感性，很抒怀，是最能够表达内心情绪的一种。早年看越剧时，恰是情窦初开，《红楼梦》、《追鱼》、《梁祝》、《碧玉簪》，一次又一次地看，仿佛看不厌，且特别喜欢王文娟饰演的林黛玉，一个人孤单着的时候，默默念着"葬花词"，想象自己一舞水袖，生出多愁善感的模样。几年后，又觉得越剧太过舒缓，慢吞吞的节奏不符年轻人的个性，并逐渐被其他爱好转移了兴趣，极少有耐心看越剧了。

再后来，只是偶尔陪老母看越剧，甚至为她买来一些碟片，让她一天到晚看个够。是的，越剧几乎轮为老年人的专利了。"台上唱的是才子佳人，台下坐的是白发老人。"遭遇这样的尴尬并不奇怪。如今这个世界，变化太快，"超女快男"大比拼、影视明星抢镜头，还有国外的歌剧入侵，越剧这个温婉"小女子"只能独居一隅，顽强地展示着自己不屈的生命。

我一直以为，越剧就是江南小女子。本来，越剧诞生在浙江嵊州，是江南清丽柔美的山水滋润出来的。100年前，在乌檐粉墙的水乡，在鹂转莺啼的山村，"小歌班"的笃的笃的声音随着雨声水声恣意泛滥，闯进大上海，走向大江南北，从数以百计的剧种中脱颖而出，成为全国第二大剧种。

越剧唯美典雅，极具江南灵秀之气，多以"才子佳人"题材的戏为主，艺术流派纷呈，公认的就有十三大流派之多。如今，看越剧的基本成了唱越剧的人，退休的大妈们闲着没事，组织艺术团自娱自乐，后来不甘心自娱自乐了，拉出去为群众演出，敬老院、农民文化节、乡村春晚都有她们的身影。新昌有一个叫射雕艺术团的老人们居然登上了央视《群英会》，其中有一个节目就表演了越剧联唱。

梦里江南越韵清，浅斟低唱醉中游。从六朝金粉的秦淮到晓风残月的西湖，从烟花三月的扬州到枫桥夜泊的姑苏，再没有哪种戏剧比越剧更令人缱绻悱恻、至性至情了。越剧的妩媚，在于婉转低回、柔美轻舞的水袖，更在于清悠婉丽、湿润如玉的唱腔。轻掩淡唇的江南女子，水袖舞动之时，软软的、细细的声音，如水般从她们的嘴里流出来，我就觉得，有一种江南的韵味在荡漾，随之而来的是意象饱满的情景：小桥流水、淡烟疏柳……

借书那些事儿

最近又惦记借书了。县城新搬迁的图书馆，排场大了些，新书好书多了起来，像暗藏着宝石一样，吸引着我的目光。

这些年来，借书的习惯早没了，去的多是书店，喜欢就买来塞在书柜里，直至一个个书柜都装不下，而买来的书自以为可以慢慢看，故一直搁着，鲜有看完的，于是便想着借书的妙处来：借来的总是要还的，不如趁早看完。

白借白不借，借一次，就借五本，再借，还是五本。这种无本生意，真的很过瘾啊！

平生忌讳借东西，书除外。想起了孔乙己"窃书不算偷"的经典之语，读书人的事能算偷吗？尽管他百般狡辩，还是被吊着打。如果那时候公开有书借，估计老孔也不做这种下三烂的蠢事了。

有书可借，是简单的幸福。

早年读书毕业，在家待着，四处去借书。村里有一个图书室，区文化馆也有一个图书室，我是常客，隔三岔五去，搬了些图书回来，没日没夜地看，可怜我一双好看的凤眼变成了近视，长年累月扛着一副镜架。这容易让我想起战场上扛下来的那一副担架。

尽管如此，并不妨碍我借书看书。村里的团支书是我邻居，我称他尧哥，尧哥管着图书室，书不多，但他会设法弄来一二本好书，第一个就给我看。区文化馆就不一样了，总觉得那里有好多书，而且经常更新，别处看不到的新书都会有，比如《夜深沉》、《啼笑因缘》，还有张贤亮的《男人的一半是女人》，我就像贾宝玉读《西厢记》那样兴奋，悄悄地躲在被窝里读，一个人偷着乐。

文化馆那小伙子长得文气，有点小帅，但我不是冲着他去的，那满屋子的图书才是我的最爱。每次去借书，我都带着一个好闺密，完了就闲聊。或许借书多，聊得多，人家以为我们是谈对象的节奏。认书不认人，有书借才好，管那么多干吗。我依然拖着闺密去借书，依然与他说笑。

那段日子的快乐，就是看了许多书，以至村里一些爱看书的人，都和我走得近。我小叔看书有个习惯，随着故事情节的展开，他的表情也变得丰富，时而皱眉，时而大笑，看着看着就入神了，奶奶笑着说他是傻子，他不理；我借来的书一搁桌上，十有八九被他抢先拿去看了。

村里还有一个中年人，忘了什么名字，只记得他腿有点瘸，走路一拐一拐的，但书生气十足，这个人也特别喜欢看书，常问我借书看。我家在巷弄尽头一个叫高台门的地方，而他家就住在巷弄中间的一个宅子里，有很大很深的院落，大多数的时候他就坐在庭院前晒太阳，或看书。我总觉得他与那个深深的宅院一定藏着神秘的故事。有一次，他问我能借到《金瓶梅》吗？当初我真不知道这本书基本属于禁书一类。我傻乎乎地问来问去，还托人去找，那个年代自然是借不到的。

直到他去世，我一直没有借来。前些天在图书馆里发现这套书，突然想起了这个瘸腿的读书人。如果他还在，或许会坐在这里静静地读，或者借了去，读以前读不到的快乐。

味道

雪小禅的文字美得不成样子，她在《愿为果》中写道：
两个痴情相爱的人到中年的人，也许早已忘记了曾经的海
誓山盟，却可以在家里戴着手套，披着塑料布，嘻嘻地笑
着为对方染白发。

雪小禅说：这是烟火的爱情，这里有烟火的味道。

人间多的是烟火味，我喜欢。那时候，农村的房屋都
是泥墙黑瓦，瓦黑得有味道，一正一反，紧紧挽着排列成
行，美得像首诗。瓦屋中间突兀着一根长长的烟囱，傍晚
时分，炊烟升起来，袅袅然往天上飘去，遇到风，兴奋得
手舞足蹈，随后炊烟慢慢变淡，再变淡，淡了就散了。

这样的画面，很写意，也很烟火。

还喜欢绵密蓬松的太阳味道。夕阳西下，太阳像喝醉
了酒一样，打算落山睡觉去了。而晒了一整天的被絮松松
的，暖暖的，似乎收藏了一个太阳的温度。我家新建房的

屋顶是水泥平台，比较开阔，母亲常常在这里摊开竹簟翻被子。她先在底下铺一块被夹里，中间叠被絮，上面盖上花花绿绿的被面，然后把被夹里与被面缝在一起，就成了一床棉被。末了，母亲还要缝上一块雪白的被头毛巾。整个过程复杂而生动，不像现在这样简单，一个被套就轻松搞定。

母亲翻被子的时候，我一定在旁边等着，像等待一个惊喜。其实我的惊喜很简单，就是在缝好的被窝里躺着，闻一闻太阳的味道。

不知道什么时候起，开始喜欢檀香，偏执地喜欢那种味道。记得吕宏写过一本书，书名叫《看看阳光》，在一篇文章中，她说她喜欢檀香皂洗衣服，我记下了，也喜欢了，我家洗衣台上经常放一块檀香皂。虽然有各种肥皂和洗衣液，但那淡黄颜色的蜂花檀香皂，总是让我眷恋。

应邀去参加悦香雅集，香道表演的女子清雅脱俗，她点上沉香、檀香、麝香和龙涎香四大名香，一个一个挨着闻，我独独闻出了檀香。

每个人都有自己喜欢的味道，我也是，比如喜欢檀香皂，比如喜欢迪奥香水。

当然，每个人身上都有其独特的味道，也许就是与生俱来的体味，有的是淡淡的清香，有的是难闻的狐臭，有的是说不清道不明的异味。曾经有一女子嫁了男人，这男人身上有一股浓烈的汗水味，远远就能闻之，大家惊异之时，一友道破天机：或许这女人喜欢的就是那种味道！

这世上，我们总是在寻找气味相投的那个人，是身体的味道，更是你喜欢的味道。

你喜欢的那个人，他的身上总有一种味道深深吸引着你。烟草味、泥土味，甚至白色袜子的臭味，你爱着他，什么味儿都是好的，都是那么诱人。谁都知道，那是真正爱情的味道。

辛晓琪有一首歌叫《味道》，唱得很隐忍，很疼痛，歌里氤氲着诗意的惆怅，令人心疼的缠绵，那是想念一个人的味道啊，以为忘记了，以为淡了就散了，可是一闻到那熟悉的味道，心就荡漾了，就控制不住了。原来，那味道即便隔着千山万水，亦能穿过光阴的两岸，一直抵达心里。

花布上的光阴

　　一段好青春，是不用花色点缀的。黑白灰青，单调简约的颜色是最好的衬托，明媚的脸无端生动，窈窕的身材韵味十足。倒是年小的或是年长了，反而穿得花花绿绿像绣球似的，烂漫成姹紫嫣红。

　　这些天，女友红鱼每天流连在服装店里，不是粉的红的，就是开花朵的，仿佛要把自己变成花蝴蝶，在大街小巷里飞来飞去，一副疯疯颠颠、痴痴迷迷的样子。爱衣成癖，那一点沉溺的欢喜，有几人能懂？

　　而我也极为喜欢，喜欢陶醉在挑选衣服的过程中。如今，店铺里的衣服让人眼花缭乱，往往一天逛下来，还挑不来中意的款。而在以前，随便做的一件衣服，或是棉布上开着的一些花朵，那些莫名的快乐和挥之不去的情结，会让我惦念一辈子。

　　小女孩天生爱美，向往美丽的花裙子。小时候，裙子是没有的，有花衣裳穿就是步入天堂。姐妹三个，我最小，按例要穿剩下的，但母亲宠我，没穿过姐们的旧衣服。尽管经济不甚宽裕，母亲还是舍得给我做几件新衣服。

那年夏天，我一下子拥有两件花衣裳，一件短袖，红底碎花，不知是芍药还是海棠，开得轰轰烈烈的样子；一件是长袖，白底里逸出一枝枝淡绿色的花，花色素净，简洁大气。都是我喜爱的。

学校里组织去参观，这是小学里第一次外出去其他学校。放学回家，我向母亲报告这一好消息，后来跑到邻居华的家里去玩。华跟我同岁，又是同班同学，她坐着哭，一边哭一边说，明天我没好衣服穿，叫我怎么去参观啊！

稀里哗啦地哭着，到底没有用处，她母亲怎么可能一眨眼变出一件新衣服来？华最后下了狠心：拒绝去参观。

劝说不来，又没有解决问题的本事，回来告诉母亲，母亲说把你的借她一件得了。当时忘了有没有点不舍，反正第二天去学校的时候，华穿着我的短袖，我穿着长袖，两人一起去上学，心里感觉蛮高兴的。

考高中的时候，流行一种叫"的确良"的面料，这是我们眼中最高档的料子了。母亲许诺，若考上高中，一定奖励我一件"的确良"。

布果真买来了，淡红碎花的一块料子，摸上去滑溜溜的，质地细腻，有几分透明，的确比棉布洋气，也凉爽多了。考上儒岙中学后，母亲陪我去店里做衣服，还故意做得大一点，大一点就可以多穿几年啊。

衣服是小方领，大腰身，现在想想毫无美感，无非是一件新衣服，无非是"的确良"面料而已。高中时还是十四五岁的年纪，两年没长身子，这衣服就两年没穿，拍毕业照了，实在熬不住，穿上"的确良""秀"了一回，衣服长得盖过了屁股。

前些天回老家，见到了华，也见到了记忆中的学校。华在镇上开着一家小超市，依然像棉布一样朴实，过着棉布一样温暖的日子，不知道她是否记得以前的光阴，还有那件棉布碎花短袖。儒岙中学改成了一所小学，那长长的石阶依然还在，只是斑驳些；高中毕业拍照的地方已变了模样，边上繁花茂密的小径，已砌成了一条平整的水泥路。

光阴一寸一寸在我的指间滑了过去，昨日的落花、流水和浓浓淡淡的回忆，如同衣服上的小碎花，素素净净地开着，一路清欢，一路简静。

冰雪之趣

冷的风，冷的雪，冷得要冻掉鼻子的感觉，好多年没有遇到过。

南方要冷到零下 15 摄氏度，你信吗？"世纪寒潮"来袭，反正我是信了，也见识了。大片大片的雪花落下来，落到河里，落到树上，落成了一个冰雪世界。

冰雪世界记忆在我童年里。冬至一过，天就冷了；天越冷，人们就越盼着下雪，仿佛雪是一个精灵，被藏在某个地方，不知道什么时候才能出来。

小孩天生喜欢雪，也不怕冷，玩起雪来如同到了战场，浑身都是劲。大人们却现实得多，他们心里盼着下雪，但又觉得雪会带来诸多不便，做事不利索。

下雪天除了读书，就是玩雪。雪的玩法很多，堆雪人、打雪仗，谁都玩过这样的游戏，我还突发奇想，把雪养起来，养在一个玻璃瓶里，当然没有结果，没多久就"凋谢"

成水；后来读《红楼梦》，一段描述妙玉雪水烹茶的情景，倒是会心。一次，妙玉执壶斟了一杯茶，宝玉细细吃了，果觉轻浮无比……是旧年的雨水泡的吗？林黛玉这一问遭到了妙玉的冷笑，妙玉说，这水是五年前从梅花上收集的雪，放入瓮中埋在地下，是专门用来烹茶用的。

雪水泡的茶，黛玉尝不出，其他人更不消说了。据说梁实秋年轻时好奇，听了这故事，便用新降的积雪掬起表面一层，放在甑里融成水，煮沸，用小宜兴壶沏大红袍，细细品之，但是"一点也不觉得两腋生风，反而觉得舌本闲强"。梁实秋雪水烹茶的率真可爱，不禁让我哑然失笑。

学古人喝梅花雪煮成的茶，未免过于矫情，偶尔玩玩，倒也生趣。

小时候没啥可玩，有趣味一点的就是敲水蜡烛，乡下的房子都是人字形的瓦屋，雪落时，一片白，像白布一样覆盖着，太阳一出来，雪开始烊了，慢慢变成水，从屋檐嘀嘀嗒嗒落下来，白天是不会结冰凌的，晚上天气冷才会冻结，第二天拽开窗帘一看，屋檐下挂了那么多长长的冰凌，心头大喜。这容易让我想起夏天的白糖棒冰，但夏天里的棒冰没这么大，也没这么晶亮透明。

家乡人都叫它水蜡烛。

水蜡烛长短不一，一字儿排开，像倒挂的匕首，有一种凌厉的美感。阳光照不到的地方，每一支都无比坚挺。小孩们举起扁担敲，一敲就掉落一地，仿佛碎银一样四散流转，若一脚踩了，直接滑倒。最聪明的做法是，拿一根竹竿，空的一头套住水蜡烛，用力一掰，水蜡烛就套在里头了，取出来是完整的一支，晶莹剔透。不怕冷的小孩捏在手里，当作冰棍儿吃。

再说说敲冰铜锣。村里的池塘结了冰，厚得像砖，用石头使劲砸，砸出形状各异的大冰块，拖到地上；回家拎来奶奶的铜踏，铜踏里炭火烧得正旺，一闪一闪的火光似红宝石，掀起烫手的铜踏盖，"呲"地一下往冰块上按，烊成一个形似铜锣的圆饼；然后在靠边处烫一个洞眼，用烧得红红的麦秆吹，吹穿了，往这个小洞眼里吊一根稻草，拎起冰铜锣，拿截柴棒边敲边喊：天干物燥，大家注意防火！

冰铜锣只是道具，像小男孩玩的木头手枪一样，中看不中用，但玩的就是这种味道，大雪天，找个乐趣不容易，逮着了玩，玩出个满头大汗才是硬道理。

花事

窗外春意闹。

麻雀爱多嘴，唯恐人们不晓得，到处叫嚷：春来了！春来了！

花最含蓄，她只跟春风说，我要开了。一夜之间，姐妹们约好，第二天齐刷刷地抖开五颜六色，去描绘春天。

尘世忙乱，花顾自开。李花白了，樱花粉了，桃花红了，薰衣草紫了，每一种花都会找到自己的颜色，哪怕绿色，哪怕黑色。莫不是人间所有色彩，都源自花的颜色？

有花的地方，必定有人赏。赏花的地方一年比一年多，赏花的人比蜜蜂还要勤劳，前些年要跑到外地赏花，日本的樱花绚烂，跨洋过海去看；江西婺源的油菜花开得猛烈，跟着朋友凑热闹；桐庐荻蒲花海如锦，不忘搭车过回眼瘾。如今，本地花事繁华，都花枝招展笑迎四方客了。

去东郑村看薰衣草，那是去年。薰衣草是一种馥郁的蓝紫色的小花，这种生于法国普罗旺斯的花，与它的国度一样，具有浪漫的情怀。东郑是新昌大市聚的一个村，位于钦寸水库左岸，左岸花乡，真是一个诗意弥漫的词啊。东郑的薰衣草成片种植，几年光景，每株花到了豆蔻年华，婀娜多姿，也许是少见的缘故，花一盛开，人流像潮水一样，一拨拨来，又一拨拨去，薰衣草的神秘丰茂让一个寂寞的山村热闹了起来。记得我当时写了一首诗：

> "因为你，因为一片泛滥的紫／一个名叫东郑的村／突然红了……唯有盛大的／开得像妖一样的女子／微微一笑，所有的眼睛／都被集体诱惑……"

说真话，我喜欢那样的颜色，寂寥的忧郁的蓝紫，也喜欢某个清晨，静静地与她相逢，执手两相看。

以前的花事，其实不是那样喧闹的。

小时候住在乡下，看到的花多是山花野花，星星点点，不成规模，印象最深的是一丘丘草籽花，也就是紫云英，农人种植主要用于肥沃农田。在紫云英化作绿肥之前，我常常一个人去看，然后采几小朵来，养在玻璃瓶里。我家道地里还开着小喇叭似的紫红色的花，奶奶说叫"夜晚花"，这是傍晚开的花，学名叫紫茉莉，只觉得特好看，幽幽的，微微的，像暗夜里若隐若现的小精灵。

那时候，种植花草的不多，善兴师傅家里却种了不少。善兴师傅是个尼姑，住在村后面的山坡上，单门独户，孤身一人，曾经收养过一个女儿。我经常跟奶奶去那里玩，走进她家的双开门，右边是一排房间，中间的堂屋供着佛像，左边是道地，种满了花花草草，一丛丛沿阶草像绿丝带一样，把道地团团围了起来，中间是各色的花，有鸡冠花、一丈红、风信子，还有一朵朵红艳艳的玫瑰和月季。

仿佛这里住着一个春天呢。我想不通，如此诗情画意的地方，怎么有这样一个远离红尘的女子呢？

善兴师傅个子不高，头发精光，长着满月似的脸，却不苟言笑，像涂了一层霜，只是我去了，她总会折一枝月季送我。彼时只觉喜欢，后来猜度，一个喜欢花的女子，是否内心像春天一样荡漾过？在她的世界里，是否曾经散落过一场缤纷的花事？

古石磨

石磨，是一种用于把米、麦等粮食加工成粉、浆的器具，北方特别多。二十世纪六七十年代，江南小镇也时常能见到这种石磨。厚厚的两对磨盘、圆圆的磨槽、丁字形的磨架，放在屋外的阶檐边，忙完农活的人们掇起粗粮上磨，磨子便转动起来了，磨新麦、磨杂粮、磨糠皮、磨米粉。我妈说，因为奶水不足，我小时候吃的都是石磨磨出来的米粉。不过从我记事起，我家已经很少使用石磨，磨粉基本上用电磨了。

我只记得石磨是用来磨豆腐的。隔壁邻居潘奶奶一家以做豆腐卖豆腐为生，一大早，沉甸甸的石磨便转起来，吱吱呀呀的声音回荡在清新的空气里。磨是用一个架子传输动力的，架子长得像个"丁"字，夫妻两人，一个在磨盘那头"把龙头"调度，添豆加水，一个在另一头双手握住把手，不停地转动石磨，一来二去，配合默契，不一会，黄豆便磨成白花花的汁了，过滤去渣之后，就是豆浆。把豆浆煮沸放到桶里，用卤水或石膏点就会成为小块状，并倒入模具里盖上木盖，用千斤顶慢压（以前都是用大石头挤压），直到豆腐成形。把豆腐切块，经过油炸或包制，就成了香喷喷的油豆腐和豆腐干。

做完豆腐，潘奶奶就拿去街上买，而我们总是近水楼台，先吃为快。潘奶奶家做的豆腐特别好销，改革开放后很快就成了万元户，后来一家三代都以此为生。

看似笨拙、粗糙的石磨，曾经记载着一家人生活的温饱和沧桑，与乡亲们一起品味着苦涩年华。石磨老了，一脸沧桑，露出岁月的痕迹。石磨倒了，磨台散了，磨盘分离，不知去向。是的，石磨已渐渐淡出人们的视线，被遗忘在岁月的角落里，意味着一种熟悉的农村生活场景永远离去，成为历史的记忆。

石磨是农耕文化的代表，是人类文明进程的化石，石磨的转型是工业文明替代农业文明的见证，如今，石磨等农业时代的产物已成为文化遗产的重要组成部分。1968年，在河北省保定市满城汉墓中，出土了一架距今约2100年的石磨，是一个石磨和铜漏斗组成的铜、石复合磨。而前几年在湖北举办的"未来古代粮食文化展览会"上，打头阵的是一个石磨盘和石磨棒。据说，这个石磨盘和石磨棒是8000年前的祖先们使用的，为中国最早的谷物加工器。这套文物的出土将农耕文化往前推了整整2000年时间。

这些代表着中国农耕文化的石磨，不可再生，而今散落民间的石磨，大多被人们移作他用，或废弃一边，当然也有专门寻此宝物的。2011年，山东青岛的一家店铺里，堆满了大小不一、形状各异的石磨，出差路过的林平觉得好奇，经过了解，得知该老板受日本人和韩国人之托，在中国华北、西北、东北、华东等地区大量收集中国的古石磨，并准备运往日本、韩国作私人收藏。

具有厚重历史的古石磨怎么可以流失到国外呢？林平是达利丝绸董事长，他马上与身边的公司高管说，无论花多少人力精力，一定要收购这批古石磨。最后，他做通了老板工作，这一万多只石磨被分批运到了新昌，连运费一共花了 300 多万元。

做了这样一件疯狂事，林平觉得很值。这些古石磨有民国的、明清的，甚至更早朝代的，石质各异，以磨盘居多，还有磨底、石碾、石槽等，如今在达利丝绸内建成了一个石磨博览园。

收藏石磨，更是收藏了一段历史。

哲人说过，静止的是岁月，流逝的是我们。石磨没有老，石磨身上有着与生俱来的印记，昭示着一段历史，一段美好的故事。

清明忆父

父亲从来不用拐杖，有一次他来到我梦里，说：有根拐杖我就能走路了。

年轻时不迷信，不晓得怎么解释这种玄乎的东西。不过，父亲那句话，我一直记在心里。第二天，我去了一趟大佛寺景区，景区内有一溜摆摊的，那里有拐杖卖，拐杖品种不多，我选了一根漆黑的龙头拐杖，那龙头是木头雕的，威风凛凛顶在上头，十分惹眼。

那年清明节，父亲的坟头野草返青，弟弟用两只篾箩装了菜肴挑到坟前，一家人点香，斟酒，祭拜，烧经，心里默念祷告，然后慢慢坐下来，慢慢烧着那根拐杖。黑烟飘过，我似乎看见父亲坐在那头，拄着拐杖微微地笑。

父亲是突发脑溢血，摔倒在家门口的。而那一天清晨，家人无一在场。他一个人躺在地上，直至被我爷爷发现。

父亲一直身体很好，浑身似乎有使不完的劲。哪怕劳作回来一副疲态，但喝了点酒，脸红红的，马上又精神焕发。

读到鲁迅先生的"孺子牛"，我便想起父亲，他是典型的中国农民，勤劳善良、老实忠厚，像一头生活在黄土地上的老黄牛。

出事前一天，父亲在我姐的工厂里，姐夫在城里办了一家胶丸厂，有点忙。工人们在加班装模具，他闲不住，去帮忙，像熟练工一样手脚麻利。父亲话不多，说一句是一句，我就坐在他身边，有一搭没一搭地聊，我说，你身体还好吗？他说，没事，只是感觉头晕。

头晕其实就是征兆啊，只是我们当初不懂。我以为身体棒棒的父亲不会有病，只是累。在我的记忆里，他不会生病，也从未去医院检查过。父亲有高血压，只是他不晓得，我们也不晓得。

我一直无法原谅自己。我经常想起与父亲对话的那个场景，如果稍有警觉，预兆就是一根救命稻草了。

脑溢血的父亲，送到医院一直没有醒过来。我们喊他，他不应，眼角默默滚落一颗泪珠。第二天晚上，大雨滂沱，天异常冷，我听见后山上鸟声凄惨，一阵阵叫得揪心，仿佛催命似的。

20年前的那个晚上，雨声鸟声催我父亲上路的那个晚上。

父亲一定不想走的，我想。没过几天，他托梦想要一根拐杖。莫非他想一步一步走回人间，再看一回他亲爱的儿女？

今年清明，我又一次去祭奠父亲，斟一杯酒，然后坐在父亲的墓前。墓前是他的一个庭院，四周草木繁茂，两棵水杉直插云霄，青松依旧苍翠，杏树展开新枝，边上有一丛丛翠竹，恰到好处地传递某种信息。

弟弟铲除周边的杂草，坟头培上新土，拔来一根细竹挂上白幡，庭院干干净净，突显生机。弟弟又拿起锄头，在四周挖坑，说小叔叔有茶花苗，他要在这里种上山茶花，种得多些、密集些，让父亲不寂寞。

生前的父亲，统率过玉米、小麦、土豆这些庄稼，却很少与鲜花有过交集。假如要选一种，山茶花应该是他最喜欢的。我想，以后的岁月里，父亲坐在那鲜花盛开的庭院里，闻着香，喝着酒，当然，那根拐杖肯定不用了。

母亲的暖

　　午后，太阳照下来，窗外树影摇曳，稀疏的叶子呈透明状，纯净简单，温暖如初。

　　忽而想到母亲。在这样一个午后，想念一个亲人，想念多少年前的往事，竟是如此安详，仿佛一片叶子在微风中轻呓。

　　母亲于我，犹如太阳。我执拗地认为，如果用一种花来比喻，向日葵一定是最妥帖的。

　　向日葵是菊科植物，她的花语是沉默的爱，一辈子的守候。母亲的名字有个菊字，很女性，可偏偏加了一个佬字，就让人百思不得其解了。我问母亲，为什么取这个名字，母亲说，小时候一直这样叫，叫着就叫着了。

　　前不久翻阅了家谱，发现母亲有一个好听的名字，叫雪云。一个电话过去，母亲说读书时曾用过这名字，后来就没人叫了。

母亲生性聪颖，人缘极好。20世纪50年代，儒岙公社办了一家胶丸厂，她是18个创始人之一。从我记忆开始，她一直在厂里忙，我两个姐姐都被寄养在奶妈家里，生我的时候，恰好厂里停产，我成了她唯一亲养的女儿。由于奶水不多，母亲用米汤、米糊一口一口把我喂养大。

也许自己养的女儿最贴心。母亲宠我、爱我胜过其他子女，包括唯一的弟弟。

星期天，姐姐们去山上干活，我在家里负责做饭。除了采茶叶，其他农活我干不来，母亲也不让干。这个小镇上最缺的是柴，没有柴，袅袅的炊烟就飘不到天空上，每到周末，镇上人家几乎倾巢而出，去一个叫芭蕉山的地方砍柴。两个姐姐凌晨三四点就起床出发，一担柴，一天一个来回。去芭蕉山的人很多，那里有砍不完的柴，在我眼里，简直像巨大的宝藏，虽然艰辛却又吸引着人们的脚步。

说来惭愧，我居然一次都没去。母亲说，你肩膀嫩，不是这个料。哪怕上山干活，她也要拦着：你不要去，还是我去吧。

简单的一句话，落在我心上，如风中摇来的葵花香。

我知道，母亲怕我吃苦，只晓得让我读书。她喜欢有文化的人。

有母亲的日子，永远有一个大太阳。参加工作后，我有了一辆凤凰牌自行车，每天骑车上班，青葱岁月如春水一般荡漾。一次下班路上，恰逢下坡，一辆大卡车从我后面追上来，勾着了我的毛衣，我连车带人摔倒在地，大卡车一个急刹，轮胎滚到我右脚根。我放声大喊，连对面的村子都听得到。我想我的脚断了，送到医院里检查，幸无大碍。

得知消息时，母亲在喂猪，急得三步并作两步赶过来。猪栏间要路过一口池塘，边上是零乱而狭窄的踏道，万一跳错了踏道，岂不要滚下池塘？我为母亲一惊。

如此一幕，一直在脑海。80岁的老母亲，你可曾记得?!

失联

晓萍打来电话说，你有多久没碰到哲文了？我说，应该有好几个月了吧。

她问我的时候，言语有点急。我预感有事，但她仍然像说故事一样，从头开始，说今天碰到谁谁谁了才知道……我打断她的话语：你快说，她怎么啦！

哲文腿骨摔成四段，都快四个月了！

居然这么久没联系了，好朋友病成这样都不晓得。哲文是我曾经的同事，因为谈得拢，成为好朋友。她自己办了一家企业，平时工作忙，来往不多，有事打个电话，偶尔相约吃顿饭。而这一次，失联了那么久。

好在，恢复如初，一切无恙。

世事无常，难以预料。好端端的一个人，突然间患病，突然间离世，突然间无缘无故消失，当初因为各自忙着，及至消息传来，猛然一惊，仿佛春天突遭寒流。

今年清明去扫墓，碰见春叔一家。春叔是我邻居，娶的老婆也是我邻居，都是我家旧好，我喊他老婆月姐，两口子明摆着被我喊成了两辈人，有时候想想，在心里笑。

而这次笑不出来，月姐已经走了，听说是患了癌症。在我的印象里，月姐长得白白胖胖，性格开朗，脸上挂着满满的笑，她喜欢仰头走路，容易让人想起"曲项向天歌"的词来。前几年还碰到月姐，女儿在城里开了饭店，她在帮忙，因为饭店离我家不远，我外出散步，一走就到，偶尔碰到月姐，打个照面，聊些闲话，说些什么也记不住。她依然白胖，只是有些衰老了。

是的，好久不见，月姐像失联的马航，永远回不来了。

我有一个叫月华的姑姑，确切地说，是我先生的姑姑、公公的妹妹。姑姑是我公公三叔的女儿，与公公一起在绍兴长大，青梅竹马。解放前兵荒马乱，公公去了上海，姑姑去了杭州，两人从此天各一方，杳无音信。

后来公公到新昌工作，一直安居在这个小城，绍兴家里只有他母亲一个亲人了。母亲去世后，公公似乎成了"孤家寡人"，这林家的亲属，有谁还在世上？

眼看退休在即，公公不知道托了多少人，写了多少信，总算联系到了姑姑。40多年后，兄妹再次相见，年华已老。

月华姑姑嫁在杭州，姑夫是一个忠厚善良之人，在铁路局工作，待姑姑好得不得了，还赡养着姑姑的母亲。姑姑的家不大，上有老下有小，客厅里也要住人。那年我刚结婚，新婚之后去她家，姑姑让出了自己的大床。这是一个冬天，雪下得挺大，只觉得姑姑家很温暖，后来她还陪我们去西湖，看三潭印月，看断桥，雪花落满了一身，心里乐得像开满了鲜花一样。

月华姑姑长得很漂亮，还做得一手好针线。她做的棉拖鞋特别厚实舒适，闲下来就做，送亲戚朋友，送福利院老人，据说还被朋友作为礼物送到美国去了。我一家人的棉拖鞋，都是她一针一线缝制的，穿着它，仿佛见到了久违的亲人，心里蜜甜。

其实，我公公还有一个叔叔，据说解放前是某军医院院长，去台湾后就没了音信，公公以前很少提及。海峡两岸"三通"后，好些人找到了台湾亲人，公公也曾打听过，但一直没有联系上。

月华姑姑失而复得，让我们有了些许怀想。前几年我去台湾，也打听过，估计公公的叔叔早已不在人世，不知其后人在哪，因为资料不详，不了了之。

好吧，留个遗憾，也留个念想。

来，跳个舞

凉薄的黄昏，去乡下看朋友的老娘。地地道道的乡下菜，外加朋友亲手烤的豆沙月饼，肚子一下滚圆了，总要想个法子消化掉，才对得起自己的小蛮腰。

来，跳个舞！

邀请我们的是朋友的老娘，微信圈里的白云大妈。转眼间，她抱来一只音箱放在院子里，快三、慢四的舞曲弥漫在乡间的夜晚。

跳的是交谊舞，白云跳男步，身材笔挺，舞跳得不错，她拉着我在流淌的音乐里，一圈圈转，瞬间的轻盈，恍若回到从前。

从前跳舞，去的是舞厅。舞厅这几个字，似乎有点暧昧，也有点诱人，旧上海的"百乐门"莺歌燕舞，台上唱着"夜来香"，台下衣着光鲜的男女踏着舞曲扭着腰；《茶花女》中的舞场是巴黎上流社会的聚散地，男的黑色礼服，女人蓬松公主裙，随着华尔兹的舞曲翩翩起舞，美艳动人。但不管怎么说，舞厅总与藏污纳垢脱不了干系，流氓、小姐、第三者、吸烟喝酒等不好玩的元素，总会在这里找到落脚之地。一般人即使喜欢跳舞，也不敢光明正大地承认。

20世纪90年代，舞厅像夜来香一样，突然在城市的各个角落灿烂起来。暮色笼罩之下，临街的高楼霓虹闪烁，俊男靓女飞蛾似的往灯红酒绿里扑；就连单位接待客人，酒足饭饱之后直接上舞厅，当初没有足浴、K歌什么的，跳舞是唯一能够让客人兴奋的消遣。

因为不能免俗，因为些许喜欢，更是因为舞曲里的某种沉醉。约上三两好友喝喝茶，跳跳舞，诸如三步、四步之类的舞，比较简单，一学就会；而稍有难度的探戈、桑巴什么的，就算了。反正是自娱自乐，开心就好。

不知道从什么时候开始，舞厅像秋天里的茄子，一个接一个地蔫了，满城里只剩下二三家，而且变成清一色的中老年舞厅。年轻人进舞厅的已经很少，也没有以前的"风花雪月"。现在装修豪华的是歌厅，既能唱又能跳，功能越来越多；要不就是去茶楼，喝出一点清雅情趣来。前段时间听人说，城里最后一家舞厅也关了。

舞厅不在，但跳舞的人依然有。广场上、公园里，交谊舞或是广场舞的音乐开始弥漫，就有一些男人女人围拢来，当然多的是女人，是女人的舞场。女人们跳舞，大都为了锻炼身体，为了保持自己年轻的身材或是心态。有一次去诗友家，说起流行的《小苹果》不仅大家会唱，还会跳。那就来一个呗！两个女诗友落落大方地站起来，从手机里找出音乐，"你是我的小呀小苹果儿，就像天边最美的云朵，春天又来到了花开满山坡，种下希望就会收获。"

独乐乐不如众乐乐，跳着跳着，大家都跟着乐。

没有流光摇曳的舞池，也没有绅士微笑着走到你面前，鞠躬伸手请你跳舞，没关系。跳舞是自由的，就像喝茶，去茶楼是喝茶，在家照样也是喝茶。

一间自己的屋子

英国著名女作家弗吉尼亚·伍尔芙在《一间自己的房间》里说：作为一个女作家写作，至少需要两样东西，一是年 1500 英镑的收入，二是有一间自己的屋子。

也可以衍生为，做任何一件自己想做的事，必须有钱，再加一间自己的房间。

伍尔芙这个观点，即使放在今天的中国，依然有足够的市场，能让广大妇女同志点个赞！

每个女人都需要一个屋子，一个属于她自己的房间。在这间有锁的房间里，不仅仅用来写作，不仅仅为了随时约会自己想见的客人，其实也为了证明女人要独立，更要心灵的自由。

于是深有同感，于是被这样的想法一直纠缠。

刚刚有了一份工作，就想着要有自己的一个房间。原来与父母住在新屋，父母楼上我楼下，青春期的骚动和叛逆，恨不得挣脱枝枝蔓蔓的束缚，有一种小鸟想飞的感觉。口头报告被获准，我高兴坏了，即使搬到老屋也不怕。老屋是木质楼房，三间外带一个堂前，是我爷爷分给三个儿子的，我爸老大，分得靠堂前的一间。这一间楼下是厨房，楼上一直空着。我就搬到了楼上。

一个人的房间，一个人的天堂，当然要有书桌书橱，有书房的模样。一段时间，整夜整夜在看书，一次看恐怖小说，墙上突然会出现鬼影的那种。第二天一早下楼，觉得墙壁上四处布满了眼睛，一个个分明是书里描写的鬼影。因为楼梯是公用的，从堂前经过，而堂前没有窗，木质双开门还栓着，早晨的光线透过木板缝隙若明若暗，照得一些什物影影绰绰，真是应景啊。

本来提着个胆，打开自家的门，刚巧妈妈在门外摸钥匙想进来，猛然见到门外站着一个人，一下子想到墙上鬼影，我乱神了，手里的东西摔在地上，抱着妈妈哇啦哇啦乱叫，一副神经错乱的样子。

但还是不怕，还是喜欢一个人的房间，直至结婚。

婚后的生活，与许许多多的年轻人一样，起初是为了打拼城里的一套房子，一个自己想要的房间，像蚂蚁一样奔来奔去，重复着单调而自以为快乐的工作。

安居才能乐业。

在伍尔芙看来，有一间自己的屋子，女人就可以平静而客观地思考，然后用小说的形式写下自己这一性别所见到的像"蜘蛛一样轻的覆着在人身上的生活"。这是她的心灵独白，也是许多女人对自我的思考。

每一个女人都有不同的向往，不停地寻找一片属于自己的空间，甚至自由，然后在那里呼吸。在自己的屋子里，各自浸淫于音乐、书籍、上网或是别的兴趣爱好，做自己喜欢做的事，随心所欲地安顿自己的身体，舒展或是蜷缩；自由自在地处理情绪，哭或是乐，一如窗帘拉开或是关上，全凭自己做主。

杜鹃花开的春天

大岩岗上的杜鹃，应该如火如荼了。朋友圈里的赏花之约，弥漫着水灵灵的气息，沁入肺腑。

忽然想起去年，与同学相约看杜鹃。彼时，花正怒放，娇艳欲滴，绿蓉红衣白裤，夹在绿树红花丛中，恍如画卷。大岩岗是任家村后面的一座山，高海拔，凌空独立，站在顶上，看山下农舍、水田星罗棋布，与飞机刚飞上高空时看到的景象一样。

任家有个自然村叫任胡岭，任胡岭有一位姓张的老师曾经教过我。绿蓉说，张老师我晓得，带你去找。

连杜鹃也顾不得赏了，匆匆下来，特地绕道任胡岭。任胡岭依山而建，原先是永丰公社的所在地，旧时的办公用房虽另作他用，依然留下些许痕迹。张老师的家在哪里？七拐八弯的山里人家，搞得绿蓉晕了，明明记得是这里啊？怎么又不是！

张老师是我的语文老师，当时，我离家三十里，去一所高中复习，第一次做了住校生。张老师是单人宿舍，住在女生楼前面一排，靠右边的一间，他在与不在，若路过，便知道。

张老师是来代课的，一个毕业不久的高中生，脸白净清秀，声音略为喑哑低沉，吐字十分清晰。学校里的老师中，他最年轻，与我们少些隔阂，亦师亦友。我喜欢上他的语文课，也渐渐爱上写作，在某些个寂静的下午，沉浸在自己的文字王国里，天马行空。

我有一本作文簿，淡淡的土黄色的封面，里面是充满遐想的淡绿色的方格子。把方格子填满，填得像花一样美丽，最好读起来能生香啊。我做梦都想着这些文字能成蝴蝶，成鲜花，如果老师在句子下面，用红笔画上一个又一个圈，肯定美死我了。

而这一本笔记本，一个红圈接一个红圈的比较多，有的几乎整页都是，简直鲜花似的盛开着。

张老师一般在宿舍批改作文，一摞摞作业本放在桌子上，桌子靠窗，我们路过，能看得见。一次走进他宿舍，张老师正在改我的作文，我写的是看露天电影的情景，有一大段描写，其中有一句"我望穿秋水，巴不得太阳早些落山，太阳落山了，我心仪的电影就开始上演……"

老师抬起头来，冲我一笑说，你知道这"望穿秋水"形容什么的？怎么用在这里了？

我脸一红，眼睛轻轻移过窗外。远处小山上，有一丛红艳艳的花，灼灼其华，我感觉到自己慌乱的心跳。

避开话题，情急之下我蹦出一句："寂静"的"寂"应该读"jì"，而不是读"shū"的，你上课时读错了。

老师愣了一下，不说话。

又一次上课，他依旧读"shū"。我思忖，老师也知错不改哩。不过，张老师的课很生动，趣味横生，还会在我的作文簿里画一个又一个红圈。

想到这里，我忽然笑出声。抬起头来，猛见路边一院落，门正开着，一株杜鹃开得灿烂，红得耀眼。我撞进去，对屋内喊，请问张老师住在哪儿？

谁啊？张老师应声而出，依稀几十年前的模样，只是，岁月的痕迹已染上双鬓。

喊你小名那个人

很久前的一天，一群人在县府门前集合，去参加什么活动。忽然走来一个我熟悉的故人，见着我，亲切地喊："丽萍，你们去哪里啊?!"

有人嬉笑，说这是你什么人，喊得那么亲热啊。

是吗是吗？家乡人都那么喊我的，我从来没觉得哦。

在我家乡，喊人从不带姓，不晓得是否是全村人都姓潘的缘故。从小到大都习惯了，如果人家连名带姓地喊，仿佛隔了一层似的，变得生分客气，浑身不自在，暗想是否有地方得罪他了。

其实，那也算不上我的小名，只是这样喊着，就觉得特别亲切。订亲之后去他家，公婆见我十分欢喜，听到先生连名带姓喊我，被婆婆训斥了一顿，后来，他们一家子删繁就简，干脆取了其中一字，喊得贴心贴肺。

喊你小名的，一定是你至亲至爱的人。

读书的时候，有几个要好同学，其中一个与我同名不同姓，几个人约好各自取名字，接龙似的，首尾相连，像一串藤上结的葡萄，外出玩耍，或是私信往来，都会用各自的小名。如今相聚，也一直喊着，这一喊，恍若回到从前，回到那一段青葱岁月里。

时光荏苒，聚聚散散，不管生活多么清冷，不管外面的世界多么繁芜，喊一声小名，立马让你简单明媚起来，山山水水，潮起潮落，所有的记忆都被唤醒，所有的面容都逐渐清晰。是的，每个人的生命里，总有一些人，不管是否在身边，不管是否经年不见，他们依然在你心灵深处，一如喊你小名的人，永远在离你心底最近的位置。

有时候，小名是私密的，只有相亲相爱的人知道，那是相爱至深的互唤。

翻译《莎士比亚全集》的朱生豪，是才华横溢的翻译家，他的妻子宋清如才貌双全，一文一诗，犹如琼枝照眼。小清清，是她的小名，是朱生豪满怀爱意的昵称。32岁那年，朱生豪离世之际，握着妻子温柔的手说："小清清，我要去了。"

这一去，阴阳两隔。再也没有人在她的耳边柔情蜜意地呼唤。小清清知道，只要她还活着，思念就在，他的梦想就在。她忍受着所有的孤寂和忧伤，于乱世中活了下来，抚养孩子，教书育人，完成了丈夫的遗愿，出版了朱生豪翻译的《莎士比亚全集》。

一个小名，集爱一身。徐志摩与陆小曼之间激情澎湃的爱，从称呼上可见一斑。他喊陆小曼"眉""小龙""龙龙""眉爱""爱眉""眉眉至爱""爱眉亲亲"等等，令人眼花缭乱。在心爱的人面前，徐志摩还自称：摩、摩摩、汝摩、你的顶亲亲的摩摩……真是肉麻到死。

人家看着肉麻的字眼，在当事人看来，一点也不。徐志摩和陆小曼相爱时，还有一个很个性的爱称，叫"你的心他"，谁也不晓得这有什么含义，他们就这样喊着，根本不需要别人懂与不懂。

是的，当一个人爱着另一个人时，会情不自禁喊出自己的心声，比如宝贝、小心肝、心爱的、傻瓜，不要以为俗气，不要以为肉麻，此时此刻，叫什么都是最好听、最动人的。

记忆

一个有颜色的村

这个有颜色的村，叫董村。

董村是新昌县沙溪镇最大的一个村，靠近奉化。曾经去过几次，只是匆匆又匆匆，像风一样，而董村隐藏的美色和风韵，不增不减，越久越浓。

冬日的一个下午，天突然晴了，那是连续一个多月阴雨过后的晴，晴得灿烂，晴得仿佛沾了喜气，人们的脸上都抹着笑容。也是巧，应约去董村，看到了久违的蓝。

蓝，真的是蓝，从天上一直落到水里。这水，是一条叫龟溪的江，很诗意地从雪溪一路流下来，不疾不徐，不紧不慢，妖娆地绕着董村。溪边有白色的芦荻在风中招摇，三枝两枝，犹如简笔画在蓝天里了。

天蓝得一望无际，游走着鱼鳞似的白云；龟溪边修了堤，装了护栏，一条小路蜿蜒到了天边。溪边有一棵老柿子树，尽管是冬天了，还挂着红通通的柿子，枝丫舒展，红柿高结，与蓝天互成一景。这柿子长得怪，状如南瓜，虽然比南瓜小，但比大市聚有名的牛心柿大多了。叫人摘了下来，一吃，果然得其味。

董村古称龟溪，因溪中有岩石形如乌龟得名，沿溪的水晶矿摩崖题刻为一绝。元大德二年（1298 年），皇帝派左丞相在董村开采上等水晶 11374 斤，献给朝廷。作为记事见证的摩崖题刻遗址，是浙江省重点文保单位。

董村的水晶是什么颜色的？白色和茶色。一户农家的庭院里，有两块水晶原石，说是曾经在地里挖掘出来的。裸露出来的水晶大都是茶色的，也有白色甚至蓝色的，在夕阳中闪着幽幽的光。在另一户农民家里，还发现一只从龟溪江抓来的老龟，悠悠然晒着太阳。

除了水晶矿，还有花岗岩，花岗岩的品牌取得喜气，叫"沙溪红"。这种红棕色颜色纯正有韵味，像古老的董村，质朴稳妥。20 世纪 80 年代，这类优质的石材已被发现，直到 21 世纪初才进行开采，赋予其新的生命，曾进入奥运场馆建设，"沙溪红"现已红遍业内，漂洋过海跨出国门。

必须说说小黄山。小黄山，是当地驴友发现并命名的。董村有一座山叫巧王山，风光优美，怪石嶙峋，形态各异，驴友们在奇峰怪石中穿梭，到了山顶，远望群山，啊！真有天下黄山秀的感觉。那么，称小黄山吧，小黄山，真的很绝！

缩小了的黄山，翠峰掩映的岩石每一块都有特色，有的像蘑菇，有的像手掌，有的像金猴，还有些名字取得特别巧，又特别乡土，如开口岩、石猫岩、无常岩、望棺材岩等，估计是当地村民随口喊的。

村民是纯朴的村民，名字土点没关系，实在就行；大红大绿也没关系，好看就可以。董村的颜色，是大俗中的大雅，美丽中的绚烂，像经过山谷的夕阳，敞开胸怀投过来的一束七彩光。

乡村之美

乡村之美，美在简约，美在奇特，美在有味。

穿梭在城市的钢筋水泥间，天不再辽阔，心长不出翅膀，因而越发爱往乡村跑了。

首先是乡下的空气，天高云淡，除了蓝，干净得没有一丝多余的杂质，连风都很清爽，哪怕从巷弄里拐出来，也是飕飕地凉；然后是绿，绿的树，绿的庄稼，当然还有绿树上开的红花、黄花、白花，美得别有生机。

忽而想到大联村，听说大联村建设得非常漂亮，朋友圈里各种晒，让人眼馋得要命。好吧，取道走一圈。

给海英打了一个电话，她在村口等我们。海英是我朋友，羽林街道干部，她带我们去吃镙拉头，地道的农家特色小吃，因为来村里的游客多，村民在村口支一个摊，居然可以招揽生意了。

突然下起了小雨，丝丝缕缕的春雨，落在乡间小道上，落在树木丛中，恰好为乡村润色，那些绿，更翠微了。

小道上走来一个挺拔的年轻人，是羽林街道的少楼书记。闻说我们在，特意赶来。他兴致浓，边走边讲解，讲到生动处，雨丝也动情。村里每一个创意，都是他脑海里的灵光闪现。

其实，每一个乡村都有特色，关键是如何把特色放大，再加一点新鲜的元素。大联村原本普通，像一位朴实无华的乡村姑娘，有一望无际的田野，有一往情深的古樟，更有零乱无序甚至脏乱差的面貌。

土生土长的乡姑脱胎换骨，雕琢成玉，只用了短短 87 天。

无非是破墙残瓦，无非是农家小院，用最原始的材料，设计成最美的画卷。村里请来一个美术家，在旧墙上涂涂抹抹，不同的颜色泼上去，泼出 3D 效果，一切便如真的一样，"小鸡过木桥""水牛耕地""乡村风情"等，每一个幅画都冲击着人们的视觉。在一幅"八一电影制片厂"的画前，有怀旧情结的人可以坐下来，坐在一排矮凳上，遥想当年看露天电影的场景。

在一张黑瓦片上涂鸦，在一个陶瓷甏前画脸谱，倘若有艺术细胞，或是兴之所至，颜料、画笔随便拿，画一张你自己喜欢的画，不需要太多的理由。

大联之美，奇特中不乏情趣，简约中多些巧思。竹篱笆最显意境，落在哪个地方都很妥帖，篱笆里种花草、种蔬菜，各种植物从篱笆墙里探出头来，仿佛故人，仿佛暗香，仿佛采菊东篱下。再说说围墙，洋瓦竖起来，背靠背挨着，左右皆空；黑瓦横躺，手挽手连着，中间镂空，简洁明净。一根根柴片有艺术范，叠在黄泥墙的窗台上，高约三分之二，留白处无限遐想，谁能说简约无诗意？

从村里转出来，梦渐醒，眼见村尾一条古道，落入云深之处，隐约有古寺红墙，梵音寂寥，少楼说，那是云居寺，村里的一个景点。这边是狮子山、象鼻山，都有来历；那一棵古樟，无论从什么样的角度看，一丛丛树冠独自成球，故而有狮子戏球之称。

散在村周边的景点，古老得有点味道，岁月沧桑淡淡而来，与建设中的大联村融为一体，既有厚度又有高度，和谐而美丽。

相见欢

XIANG JIAN HUAN

萌男这盘菜

放眼都是萌男。

大街小巷，穿着打扮入时的青少年，或一两个，或三五成群，玩着卡通、动漫、手游，消费着悠闲时光。如果没见过，电视上有，如今热播的"中国好声音"，四大导师手下谁没有几个萌男撑着？张玮斜着刘海、梳着披肩长发、身穿中性风花衬衫的"妖男"造型，萌翻数亿观众。如果优雅点的，去看看现代钢琴王子李云迪，那一头浪漫感的时尚卷发，丝丝缕缕透着艺术气质。

萌男大都来自"80后""90后"。相对于"60后"男人的事业小成，"70后"的开疆拓土，"80后"自然有他们自己的特质。

这特质，似乎与小男人有关。

小男人，当然不是什么什么的小，想想"小女人"是怎么着的，就知道了。身材不很高大，有点奶油，有点自恋，偶尔也会撒撒娇。影视剧中，泛滥的都是这些都市"小男人"，比如黄海波扮演《媳妇的美好时代》里的余味、廖凡在《幸福额度》中的无卡先生姜成、黄磊在《男人帮》的罗书全等等。

典型的代表人物非文章莫属。《蜗居》里的小贝、《裸婚时代》的刘易阳，还有《失恋33天》的王小贱，无论是坏是贱，还是无奈，文章身上都有一股捂不住的小男人味儿。

惹火了银幕的小男人，现实版却是新好男人形象。这位"80后"的小男人，有一段不被人看好的姐弟恋。文章恋上了比他大9岁的马伊琍，还顺利地结婚生子。据说，文章富有责任感，花样年华就担当起成熟男人的角色，婚后对马姐更是百依百顺，怪不得有人惊呼：原来，"80后"老公也这样靠得住啊！

也难怪，在那么多"小男人"专业户里，只有文章有资格自封"中国第一小男人"。

而文章只是文章，小男人一旦萌起来，不是一般人所能驾驭的。

卖萌或是装嫩，心智不成熟男，也有一大群。有着独生子女的优势，没有经历苦难，顺水顺风地走来，少些担当少些责任，打电玩为最爱，打反恐打仙剑奇侠打流星蝴蝶，打起游戏称王称霸天下无敌。再过分一点，就是得了那种"彼得·潘综合征"的男人，若与此男打成一片，不是萌翻就是"闷"死。

"彼得·潘综合征"，说得明白点，就是患有心智幼稚、过于自我、不负责任、轻诺寡信等症状的人，不要指望他为你遮风挡雨，给你家的温馨港湾，你就给他服务吧，当爹当妈地拉扯着，还得忍受他时不时爆发的"霸王"性格，活脱脱一个没玩够的"超龄儿童"。

如果恋上了，还想着结婚那档事，你催他逼他，萌男一脸六月天：不好意思，我年龄还小，没想过。

或许，本来他就没那份心思，只觉得你照顾他、你爱他是理所当然的，想白头偕老？对不起，玩玩就好，别当真啊！

是啊，千万别当真，哪一个女人当真了，你就傻逼了。权当童言童语，胡言乱语吧，想盼望和他过一辈子，等着那个地老天荒的童话，嗯哼，神马都是浮云！脸绿的一定是你自己。

萌男这盘菜，看你如何下筷。

美食不如美色

想要留住男人的心，就得先留住男人的胃。这句曾经很流行的大白话，其实不是征服男人的宝典，也许是某个女人的经验之谈，也许也是哪位神人的随口胡诌。

八卦厨房一位美食家作了一个调查：美食美色，哪个更能抓住男人的心？也就是说，一个男人面对一个会做好菜的普通 MM 和一个靓 MM，他会选择谁？

男人自然最有发言权的，几个待娶的 GG 们，仅有一人选择美食，其他毫无例外地选择了美色。

"反正我要美女，99％的人都会这么选。男人爱面子，美女是给别人看的，美食可以出去吃的。"

"当然是美色。要是一个喜欢的人，煮的再难吃也会吃的，不喜欢的人煮再好吃的都没有胃口。"

"为了美女，我宁愿花再大的努力去学美食。"

这下懂了吧，什么才叫秀色可餐！如果粉面含春，如果两情相悦，粗茶淡饭也是香的，一杯白开水也能喝出滋味来，恋爱时期，要的就是这种感觉。

结婚成家了，男人才会有进一步的要求。"上得厅堂，下得厨房"，美女配美食，绝对美不胜收啊。为了爱，女人开始死心塌地，菜刀成了她唯一要练的刀法，束起青丝挽起袖管，扎起围裙苦练厨艺，煎炒烹炸，煮粥煲汤，使出浑身解数，柴米油盐的日子，长了满脸皱纹，多了如霜白发。

贤惠的女人，依然留不住多情男人的心。饲养员一样辛勤喂养的后果，使那个又白又胖的男人心眼又活络起来，看着像春天的花朵一样粉嫩的各路美女，怎能按捺春心而不动呢？而守在家里的曾经的美女，逐渐沦落为黄脸婆，再怎样为他煲汤，也熬不成心灵鸡汤；再如何端上色香味俱全的菜肴，也不如靓妹养眼入心。

贪恋美色，春心荡漾，一颗心在外了，胃无论如何拉不回来的。说穿了，男人的心和胃，其实扯不上什么关系。他又不是三岁小孩，一根棒棒糖就会乖乖地跟你走？一点美食就能缠住一颗活蹦乱跳的心？还没听说过哪一个男人，真正为了女人的一手好厨艺而娶她。在某些男人眼里，粉嫩的美色远比美食来得重要。

男人爱美色，就像吸毒品一样，一旦成瘾，就难戒掉，如果这男人对家庭、对爱人、对孩子没有一点责任心，再喂他什么美味也白搭。

留住男人的胃，不如留住男人的心。美食终有一天会厌弃，就算是山珍海味、燕窝鱼翅也会有吃腻的时候。当然，美女也会变老，即使长得美若天仙，也会审美疲劳。能够留住男人的心，靠的是女人自身的修养和品格，靠是的由内而外的美丽；拥有永不褪色的美，自然会散发着独特的魅力。

男人爱色是天性，女人修炼成色也是本事。

暖男，又是暖男

男人犹如万树，不尽然同。这会儿，暖男似乎在春天里鲜活起来，并成流行趋势，为女人所青睐和追捧。

相对于硬汉而言，暖男的必杀技就是一个"暖"字，像煦日阳光那样，给人温暖。

记得去年七夕，一篇《暖男》的文章走红，无非是诉说暖男的诸多美好特质，比如温柔体贴、善解人意，不与高富帅比成功，拼的就是一颗暖人的心。暖男的出现，让一些未婚女子两眼放光。

女人往往能对事业有成、多金多才的男人青睐有加，到头来却选一个踏实顾家的男人嫁了。外表再风光，不如在家疼老婆来得实在。聪明如林徽因，虽然与徐志摩情投意合，一见倾心，但她知道，徐志摩能给她浪漫热烈的情怀，而不一定会给她一个安定温暖的家，最终她还是选择嫁给梁思成。梁思成到底是实用型的暖男，不仅宽厚温暖，还成为林徽因事业上的最佳伴侣。

每一时代都有其不同的流行式，数十年前，一个叫高仓健的男人俘虏着众多少男少女之心，《追捕》里他饰演穿黑衣的杜丘，面容冷峻，英俊潇洒，不苟言笑，像天外陨石一般凌空而来。当时，高仓健成为一代人心目中的男子汉样本，也成为女生眼中的青春偶像。

以至后来，许多爱情片总会出现这样的桥段：女主角爱上冷酷的男一号，而对温柔腼腆的男二号不屑一顾。认为娘娘腔的男人不过瘾，阴柔有余，阳刚不足，不是崇拜的主儿。但偏偏是这样的男人，抱得美人归的概率相对较大。

跟不解风情、直来直去的硬汉谈恋爱，很累。你崇拜他，以他为中心，得把自己放低，甚至低到尘埃里；一个永远沉默寡言的男人，应该不是容易相处的，如高仓健看起来高大上，但他与歌手江利智的结合，不是一个完美的结局，因为他的冷淡，因为他会不顾场合地斥责妻子，让一个爱他的女人伤透了心，随之而来的打击，如流产事件、住房失火等像大雪一样落下来，导致一桩婚姻破裂。

高仓健不多言，并不表示他不够温柔、不感激妻子，只是像他这样的硬汉，不习惯把真心和爱意表达在嘴上，流露在脸上。

甜言蜜语人人喜欢，如今缺的不是高仓健，需要的是暖心男。现代女性有自己的工作，有自己的事业，经济上独立，不依靠男人依然活得很精彩，再者，她们从小被父母宠爱惯了，希望有人像接力棒一样，把这份宠爱继续传承，视她们为手心里的宝。恰好，暖男出现了。

事实上，无论处于哪个时代，女人们心底里渴望被人照顾被人怜惜。周迅爱上高圣远并不因为一条浴巾，关键是在每次拍雨戏的时候他都在，懂得周迅什么时候需要，"需要你时每次都在"比"你刚好在"暖心的多。林青霞嫁给邢李源，起初不因为他的富豪身份，是缘于他一点一滴的暖，随口一说的小吃，被邢李源当作了真，从香港"打飞的"深夜送来，暖男如此大动干戈，其浪漫真爱的意义就胜过事件的本身了。

当然，暖男的攻心术并非屡试不爽，百发百中。如果女人不喜欢，如果女人对你没意思，所有的温暖都是白费心机。不是吗？

红玫瑰和白玫瑰

也许每一个男子都有过这样的两个女人，至少两个。娶了红玫瑰，久而久之，红的变了墙上的一抹蚊子血，白的还是"床前明月光"；娶了白玫瑰，白的便是衣服上沾的一粒饭黏子，红的却是心口上一颗朱砂痣。

张爱玲说这话的时候，风从民国的天空吹过。她坐在自己豪华的书斋里，写着一篇叫作《红玫瑰和白玫瑰》的小说。

这段话一直被人喜欢着，之所以被追捧为经典名言，是因为张爱玲一针见血，看穿了男人心底里的那档事。

得不到的就是最好的。这个说烂了的话一定自有道理。就是说，男人无论挑了哪一个，日久都不会珍惜了，反而会念及未挑的那一个的好。

一位老同学在相聚时，每每会叨念一个名字，也就是他年轻时暗恋的女友。其实谁都知道，他只是单相思，总归是得不到的。但他肯定地说，她也爱过他；而他只是羞于表白，成了他一生的遗憾。

暗恋的女友，是他心中的红玫瑰，一直放在心底。如果真的娶了她，以后平常岁月里，她会不会变成墙上的一抹蚊子血，或是衣服上的一粒饭黏子？

妻子娶回家，柴米油盐的日子，多了些平淡，"床前明月光"的浪漫诗意，变成了衣上的饭黏子。对于妻子以外的女人，男人也许会是另外一副面孔，言谈举止处处刻意，迷失于芳香弥散的红玫瑰之中，开始想要一个快乐的艳丽梦幻。

张爱玲，这位风华绝代的才女，一朵冷艳孤傲的白玫瑰，在没有遇到胡兰成之前，遗世独立，可望而不可及，连这位胡大才子进见，也提着一颗诚惶诚恐的心。而一旦爱上，张爱玲便放下身段，一直低到尘埃里，在尘埃里开出一朵花来。可惜的是，这花，不是玫瑰，而是扎在心里的刺了。短短的三年婚姻，除了张爱玲，胡兰成又有了另外的红玫瑰。张爱玲这朵白玫瑰，在他眼里，也不过是普通的一粒饭黏子。

再怎么责怪胡兰成，终究改变不了事实。

其实，每个男人都如此，怀中拥有一个女人，心里还期待另一个。对日日相伴的女人有所厌倦，而对另一个女人无限念想。无论是红玫瑰还是白玫瑰，选了谁，他都会遗憾另外一朵玫瑰。

纯白艳红，白得高雅有口味，红得活泼有魅力。每一个女人的灵魂里，都开着红玫瑰和白玫瑰，有时娇羞有时风情，只是很少有男人真正读懂。

说得俗一点，每个女人既是红玫瑰，又是白玫瑰，如果你现在成了丈夫眼中的白玫瑰，说不定会是别人心中的红玫瑰。

不要在乎谁是谁的红玫瑰，谁又是谁的白玫瑰，重要的是能找到一个对你好的男人，能够陪你一起笑一起哭的那个人。即使是衣服上的一粒饭黏子，也证明你曾经是他护胃取暖的伴侣，抑或成为墙上的一抹蚊子血，也是痛彻心扉深爱过的见证。

老了也要爱

80 岁的王蒙结婚了，在爱妻亡故一年半之后。

他的新夫人是一名资深记者，美丽秀雅的单三娅女士。王蒙与她一见钟情，一见如故，"她是我的安慰，是我的生机的复活。"

相信爱情，相信老了也有爱情。

原来，王蒙的爱情十分美满，相濡以沫的爱妻崔瑞芳伴他 60 年，成为文坛感人至深的传奇。老伴溘然长逝，对王蒙来说，是天塌地陷般的打击。"此身此世此心中，瑞草芳菲煦煦风。"王蒙的悼亡诗写得那么回事儿，一大把年纪了，真怕他扛不过来；还好，这么短的时间，他找到了真爱，有爱相伴的日子，余生不再孤单。

不要责怪男人感情凉薄，也不要讥笑老了的爱情。王蒙是我喜欢的作家之一，他写《青春万岁》这本书的时候，是青春荡漾、爱情芬芳的年龄。现在，他老了，那激荡的青春永远定格在美丽的旧梦中。

突然想起前些日子热播的电影《致我们终将逝去的青春》，是的，青春逝去了，爱情还在继续。

善待老人，也要善待老人们的爱情。10年前，82岁的物理学家杨振宁娶了28岁的翁帆，舆论哗然，这段遭人非议的婚姻，有真爱吗？会走多远？据说，杨翁恋并非一见钟情，而是细水长流般的感情累积。"我们的结合绝对是美好的，过了三四十年以后，大家会认为这是一段美丽的浪漫史。"

这样的爱情宣言一直持续到今，他们生活圆满，他们拥有了永远的青春和最浪漫的爱情。

说起爱情，似乎是年轻人的专利，大妈大叔谈恋爱，这不肉麻死啊；都爷爷级了还谈婚论嫁，还不让人笑掉牙。一束束不很友善的目光，像清冷的秋风，硬是把一些渴望爱的老人们，逼回空巢。

爱不需要理由，也不分年龄。爱上一个人的学识，或是爱上一个人的金钱，没有什么不可以；就算为了某种需求而结婚，也不要感到羞愧。喜欢美丽的事物，喜欢富足的生活，这都是人的天性。其实，人愈老，心里愈空虚，依赖性越强，两个人的欢乐总比一个人的寂寞多。王蒙再婚，也是实话实说：与其去养猫养狗，不如和一个亲密的人手挽手，睡在一张大床上。

是呀，谈恋爱是自己的事，不要管别人怎么看。日本百岁老人柴田丰有句名言：就算90岁，也要恋爱呀！这位92岁才写诗的老人，对生活依然充满激情，镜子和口红常常放在身边，她在诗中表达了少女般的情怀："我陷入爱里。我也有梦想。我想在云端飞翔。"

"我能想到最浪漫的事，就是和你一起慢慢变老，直到我们老得哪儿也去不了，你还依然把我当成手心里的宝。"《最浪漫的事》这首歌，触动内心让人泪湿。幸福就在执手之间，爱若在，心就安。

不想再婚

单身十多年了，小颜一直没有再嫁。

小颜是一位知性女人，相貌姣好，有一份令人羡慕的工作，最大的优点是，人缘好且乐于助人，是个打着灯笼也难找的好人儿。好人偏偏遇到难题，前夫有了婚外情，与她离婚；第二次，她满怀希望地走进了婚姻，想不到与他再度牵手的二任丈夫，又一次离她而去，与人双宿双飞去了。

她不想再婚了，但总被人拉去相亲。不是她看不上，就是人家的眼睛长在别处。女友们愤愤不平，甚至恨恨地说：这帮不知好歹的臭男人，放着那么好的女人不娶，打光棍去吧。

男人坚持不打光棍，转眼间找了个更年轻的。事实上，适合小颜的男人，数来数去也就那么几个，挑选余地实在有限。

在婚姻上，女人总遭薄待。离异后的女人一大把，条件相貌还个顶个的好，都熬了几年十几年，就找不到一个陪她进围城的人。而稍微出色的单身男人，不用着急，后面排着队呢，一不留神就被抢走了。

据说有一项调查，35岁以上的离婚女人90%以上都没有再婚，即使再婚了，大多也是嫁给了比自己大十几二十岁的男人，条件根本没法与前夫相比。而此年龄段离婚的男人则是80%都再婚了，找的都是更年轻更漂亮的女孩子。

数字很残酷，现实更悲催。

有人说，离婚女人大都有缺陷，什么个性强、太讲究，而经济收入较高的女人更是可怕的动物。也算有点说对了，到了这段年龄，女人大多阅历丰富，经济稳定，把自己收拾得干干净净，独居的时间长了，对自己狠，也会对别人狠，不但用自己的习惯去要求别人，还讲事实摆道理，把婚姻规范成一本书。

当然也把男人看透了，男人们的几根花花肠肠，男人们的骗人招式，都逃不过她们的火眼金睛。

这样的女人，男人不敢娶。他们宁愿娶一张白纸，也不让一张别人画过的图画嫁过来。

其实这些女人不简单。离婚女人是一块被生活打磨过、被风雨洗涤过的美玉，周身都散发着成熟的、美丽的光芒。不要以为她们嫁不掉，或是没人要，不要以为她们被婚姻淘汰了，她们有自己的底气和豪情。前不久，有人给一位离异女人介绍男友，对方是一位公务员，模样周正，条件也不错。但被她一句话噎住：嫁过去，难道给他养两个双胞胎儿子？

话虽直白了些，但很接地气。别以为是个男人就得意，离婚女人肯定不会随便嫁出自己，物质也好，精神也好，方方面面都得考虑周全。在她们眼里，婚姻围城并不可怕，离婚女人也不悲惨。与其凑合着嫁，不如单身着过；男人不可靠，也不想再依靠男人。

离婚原本是忍无可忍的解脱，再婚更需要足够的勇气和运气。结婚不结婚，只是个人选择，只要内心足够强大，经济独立，一个人的生活同样精彩。

「犯贱」就输

痴心，等于犯贱。划下这个等号，自己也吓了一跳。

犯贱这两个字是用来骂人的，女人尤其听不得，谁要说她犯贱，没准一跳三尺高，拼命一般闹。但在爱情上，女人一旦痴起来，不是犯晕就是犯贱，而且一贱到底，无可救药。

爱情没有定义，最好的凭证是两情相悦。就像行走在一马平川的草原上，了无牵绊，唯有两颗欢爱的心在飞。初创时期的爱情，谁对谁都没有要求，谁看谁都是好的。没错，整个世界不是我们的，而是你们的。

然而，爱情没有保质期。过了一段时间，他忽略了，或者说是不在乎了，不像以前那样深情。他说自己很忙，忙于工作，忙于事业，忙得没时间爱了。再忙，起码也问候一声啊，哪怕一个短信一个电话也不费多少时间。

男人是有家庭的。明知道是个无言的结局，女人就是放不下，想分手又舍不得。有时候，狠下心来不去想他，故意不去理他，但只要他来了，她就像孩子一样欢喜，一次又一次投入地爱。尔后又开始了漫长的等待，等待他娶她的那一天。

真是犯贱！心里骂着自己，这一蹉跎，直到把青春燃烧成灰烬。

女人犯贱，明明知道爱情是毒药，却偏偏喝上了瘾；明明知道男人不可靠，还是像飞蛾一般奋不顾身地扑上去，不计后果。

其实，男人也会犯贱，只是他的表现时段和表现方式有所不同，该抽身时就抽身，该撒手时就撒手，那架势，与他男子汉形象一样，挥挥手，不带走一片云彩。

听说过这样一件事。维先生与某任女友一起去逛街，女友试穿了几件衣服，很漂亮，但很贵，结果都没有买。等到女友的生日，维先生把这些衣服统统买下，满心欢喜地送给她，女友当然很开心。

结果来事了，每一次见面，女友都有更多的要求，不是买电脑就是去旅游，变着花样要男人放血。维先生心里不痛快，他不是心痛钱，而是因为女友动了他的钱，却对他不动感情。

维先生觉得自己在犯贱。我频频使用了"礼物"，怎么没有一点反应？这种没有感情成分的所谓恋爱，不要也罢。

说走就走，干脆利落的走法，是女人望尘莫及的。

当然有人认为，犯贱是真爱的表现，说什么情到深处，情非得已。因为爱，所以愿意付出，付出自己的青春，付出自己的金钱。如果自己愿意，没人阻止你犯贱。

犯贱的女子可怜而又可悲，为了男人的一个许诺，在爱情无望的情况下，还在遥遥无期地等待，虽然想想不值，但依然不停地发傻，想在一棵树上吊死。那真不堪啊，爱与不爱，做个了断，一枪毙命总比凌迟处死爽快些，或许还有及早重生的可能。

这世上，谁犯贱谁就输。积累一点经验吧，不要拖拖拉拉的爱情不等式，一枪干掉别人，总比被别人干掉快感多了。

微信摇不来爱情

同一时刻摇晃手机的人，会是有缘人吗？

答案是否定的。

微信，又一个微时代的产物。如果你还把手机微信当作纯粹的社交工具，群聊、对讲，或是在朋友圈里神侃，那就OUT了。在有的人眼里，微信的主流功能就是"约炮"，见面干脆利落，直奔主题。

且看看他们微信上的签名，什么不闲聊、非诚勿扰等等，此地无银三百两啊，越是说"不""没有"的，越有"是""存在"的嫌疑。这不明摆着嘛，他是有所求有所指的。再来看女人们的微信，如果有一张漂亮的照片作头像，亲，那就惹爆了，许多陌生的交友信息随之而来，摇了你，加了你，骚扰你。愿打愿挨的事咱就不说了，倘若真以为人家是为了交友，为了爱情，不是很"傻"就是很"天真"。

摇一摇、微一下，偷腥的猫就无所畏惧地冲上来了。频频使用微信的"猎艳"功能，的确有一定的成功概率。

突然想起如今流行的一个桥段：如果古代有微信，就翻天了。金莲小娘子那根竹竿不用掉下来，西门庆也不必找心狠毒辣的媒婆了。金莲闲着无聊，用微信一摇，摇到了百米以内的西门大官人，对方立即发了信息过来。"小娘子姓甚名谁？可否交个朋友？""大官人好生无礼！""小娘子，我已在橘子水晶开好房间了，记得来哦。""嗯。"

这倒是"约炮"成功的一对，可惜这对男女不配冠以爱情，自古以来，是用奸情为他们定义的。

用微信谈恋爱，谈的根本不是爱。不过，世上总不缺少"很傻很天真"的人。单身女子小谢使用手机玩微信"摇一摇"，摇到了与自己同城而且住在不远的小董，一直相信缘分的小谢便加了他，成了微信好友。在随后的几天里，两人越聊越投机，大有相见恨晚之感。小谢觉得，这男人就是自己冥冥之中想要的伴侣。接下去的剧情很老套，见面之后，双方互有好感，成了男女朋友，进入谈婚论嫁阶段，继而，小谢的一辆轿车和两部手机也被小董拿走了。

沉浸在喜悦之中的小谢当然没有想到，她心仪的男人原来是有家室的。骗局揭穿的那天，离他们相识整整半年，人财两空的感觉让小谢好梦惊醒。

微信恋，该情节不算最狗血。辽宁一位"微信爱情杀手"两年内游走4个纯情女孩之间，以调动工作为名编造各种借口诈骗了30多万元。此人取的名字很文艺，叫"男人的痛你永远不懂"，他摇啊摇，摇来一段又一段微信恋，骗钱骗色骗你没商量。

是的，取一个很有杀伤力的微信名，再来一段文艺爱情，骗剧就很容易上演。"约炮"也罢，掠财也罢，端的就是隐藏在内心深处的艳遇梦。而微信，少了现实中那张假得不能再假的面具，每当午夜后的凌晨，便开始以猥琐的面目，最直接的语言，在城市四周寻找他的猎物。

找情歌来陪

失恋了怎么办？找情歌来陪。

情歌真是个好东西，只要你愿意，会不离不弃地陪伴着，要多久就能坚持多久。

好歌犹如一段驶向心灵的旅行，沿途都是优美的风景。恋爱时节，什么都好，坐在地毯上听着《最浪漫的事》，找的"就是和你一起慢慢变老"的感觉，回旋着、幸福着，那是爱的声音，是爱的宣言。

打马而过的不只是青春，还有时光和爱情，以前那些信以为真的爱情，过了这个坎就没有了，留下来的只有淡然和悲凉。让心情去追逐那些经典，让情歌陪你流泪，此时最好。

陈瑞唱《鱼水情歌》，深情而缠绵，"我用眼泪酿成了湖水，仿佛真的和你相拥在一起，相偎相依我们共度风雨，点点滴滴都是温馨甜蜜……"一位刚分手的朋友被戳中了，一下子泪奔，继而大哭，她说：那时候，我们在一起也唱这个歌的，酒喝高了，相拥着唱到天亮。

也是那个时候，她深深迷上了陈瑞的情歌。

网络歌手陈瑞是奇峰突起的一个异数，无人能及。早些年前，因一首《白狐》唱红大江南北，她的嗓音似乎为情歌而生，略微沙哑，富有磁性，沧桑中带着淡淡的伤感。听她的歌，如同寒夜里看见烟火，让人回味的不是绽放时的华丽和绚烂，而是幻灭后的寂静和落寞。

过不去的情歌，一定是失恋的时候。那些日子，失恋的人一直在听陈瑞，听她的《藕断丝连》，听她的《梦醉西楼》，"看着你静静地远走不曾回眸，我又何必站在这路口，梦里的相思难聚首，落叶飘荡离了枝头，……往事历历不堪回首，月缺难圆梦醉西楼。"边听边哭，哀愁如雨丝纷飞，低回婉转间，情歌陪她度过了一天又一天。

失恋了，再找，再找的情哥也找不到那种感觉。这世上，不缺喜欢你的人，但就是找不到一个你爱的人。就这样堕落吧，堕落在哭泣的歌声里，堕落在无边无际的悲伤中。用情歌来疗伤，是她唯一的出路。

确实有些情歌过不了，林俊杰的《记得》、李翊君的《多情人把灵魂给了谁》，张学友的《我真的受伤了》，凄美、幽怨的歌声教会我们忧伤和怀念，也教会我们用情歌来疗伤。

情歌就是这样，往往在死寂的那一刻跃起，以唱的方式，在心里拉上一刀，又再补上一脚，让痛感变得很具体，鲜血淋漓，一败涂地。为什么悲剧最打动人心？为什么情歌最令人回味？道理就这样简单。

情歌流长，青春散场，墨香残留的信笺上还有泪染的曾经。失恋的时候，总有些歌一字一句唱进你心底，听了会流泪，哭完会释怀，然后变成回忆，甩甩头，勇敢地走下去。

失恋不可怕，找情歌陪一陪，静一静，把心里的苦痛倒出来，把所有的悲伤释放掉，"没有你在身边的日子，天也会好起来。"

破镜圆不了

破镜重圆，很喜庆的一个词，好似一个落俗套的电视剧，主人公历经苦难终于拨开乌云，太阳重现，一个大团圆的结局。

理想很丰满，现实却骨感。镜子破了，哪怕技术顶尖手段高明，形状圆了，旧痕依然，犹如感情破裂，再怎么弥合，还是有裂痕的。如果哪一日不小心，只要轻轻一碰，便又破了，碎得比以前更彻底，让你再也找不着当初的模样。

相濡以沫的一对夫妻，女的貌似贤妻良母，一心持家，突然有那么一天，她的心"飞"了出去。单位里的一个客户，其实跟她没有直接业务，套用时髦的一句话，说是缘分吧，从他来公司的时候，两人就对上眼了，情愫暗生，热辣辣的感情燃烧起来，女人不管不顾，舍弃丈夫女儿，跟他私奔千里之外。尔后，她发现男人另有妻室，且不可能离婚，万般委屈之下，女人撤退，退回了自己老家。

朋友好心撮合他们复婚，结果徒劳。前夫觉得女人劈腿非常可怕，一切没有预兆，就像海啸或大地震，说来就来，毫无防备。前一刻她还非常甜蜜地说爱你，下一刻已经躺在别人怀里了。

女人怎么可以分裂到这种地步？前夫恨得牙痒痒的，她当初劈腿的时候，是铁石心肠的，不管他如何挽留，还是毫不留恋地走了。"这个破镜子，圆不了！"说这话的时候，他的床上也有了另外一个女人。

当今社会，劈腿也许算不上什么了不起的事，谁都喜欢生活多元化一点，谁都想在平淡的生活之余，有热情的红玫瑰。只是，男人对女人的要求相对高，自己要劈腿，但不愿意自己的女人红杏出墙。

今年夏季，爆出一则惊骇世人的新闻。黑龙江桦南县，已怀孕九个月的孕妇谭蓓蓓假装肚子疼，将17岁女孩胡伊萱骗回家，帮助其丈夫实施强奸，以补偿自己曾经出轨的不平衡。因为胡伊萱的反抗，最后惨遭两人杀害，弃尸荒野。

很荒谬的一个理由。不小心的一次出轨，被丈夫当成了"洪水猛兽"，时常耿耿于怀，他老是找碴，不是打她就是进行性暴力。谭蓓蓓心里有愧，觉得对不起丈夫，主动提出给他找女孩，以为这样可以弥补自己的过失和感情的裂痕。

靠这样的方式来补偿，以女孩性命的代价来换取，其手段之残忍令人发指。事实上，他要是在乎了，即使再玩几个女孩，还是修补不了他心中的裂痕。这女人真是又蠢又狠！

过去了的无法回到从前，错过就错过了，破碎了的镜子不可能恢复它的原本面貌，不要硬找一个钉子勉强凑合。这钉子，肯定是一个伤疤，再怎么变也变不成一朵花。

破镜何须要再圆，圆了的镜还是一面破镜。倘若把残破之前的那份美好存留在心底，有念想有回忆，岂不更好？！

嫁宝玉，权当红楼一梦

如果"穿越"去《红楼梦》当回主角，你会是大观园中的那位姑娘？你想嫁给贾宝玉吗？

用不着猜，少女们缤纷的梦境里，一定有过贾宝玉。大观园花柳繁华，宝二爷温柔多情，哪怕做不成小姐，做一回丫环也好啊；跟这位"富N代"谈一场恋爱，若谈不成暗恋一下也挺幸福……幻想暂且打住，咱就实话实说。

生下来嘴里就含有美玉，而且天生貌美，这帅哥基础好，起点高。他爸是金陵有权有钱的人，他姐是皇上的二奶，他祖宗三代都是给皇上打工的，皇亲国戚、皇恩浩荡，太牛逼了！

最刺激小心脏的是，这哥们风流多情，怜香惜玉，见了哪个妹子都是眉笑眼开，记得他有句经典名言："女儿是水作的骨肉，男人是泥作的骨肉。我见了女儿，便觉清爽；见了男子，便觉浊臭逼人。"

相见欢

大观园里多的是花一样的美丽少女，他会让你如沐春风，当然，春风只能是春风，不会好好停留在某棵树上。连林妹妹都说他"心里装着妹妹，但见了姐姐就把妹妹忘了"的多情种子。

烟柳繁华地，温柔富贵乡。大观园里，宝玉活脱脱一个完美的大众情人，也是让另一半充满不安全感的爱人。不要说黛玉、宝钗那份理不清的感情，袭人、晴雯等丫环们的争风吃醋，还有妙玉法师的凡心大动，秦钟那小子的同性恋……够乱了，反正遇上这位公子哥们，不管有没有亲密接触，心猿意马是少不了的。

太过多情倒也罢了，宝玉还性格柔软，而他身边的"黑恶势力"十分强大，祖母、爹娘、哥嫂，每一股势力盯牢他，他喜欢的偏偏有人来捣乱，喜欢他的要被扫地出门，凭他那能耐，就算娶了妻，估计也保护不了自己的媳妇。

宝玉娇生惯养，是大观园里的"心肝宝贝"，被哄着、宠着，缺少自主权和生存能力；一旦流落民间，这厮肯定混不下去，像一条小金鱼丢进大染缸，只剩喘气的份儿。

翻开简历看看，宝玉不爱读书，不想金榜题名，根本没考虑拿个MBA或者什么证书之类的，就算能吟几句破诗，也上不了台面。倘若有一天家道中落，老子犯事或破产了，这小子该如何生存？果然，作者为他安排了这样一个结局。自从姐姐死了后，没了靠山，老爸也倒台了，房子没收了，财产没收了，并欠下一屁股债；那些桃红柳绿的女子们，嫁的嫁了，走的走了，死的死了……白茫茫的世界真干净啊。

不文不武，没有一技之长，只能遁入空门。幸亏出家了，否则，流落街头、沦为乞丐也大有可能。

可怜见的，咱的宝玉！

还有许多不嫁的理由，不展开述说了。咱就清醒着说一句：嫁宝玉，权当红楼一梦。

转身，爱已不在

"有些事一别竟是一辈子，一直没机会做，等有机会做了，却不想再做了。"读着这样的句子，窗外的雪花大朵大朵地落下来，撞入桂花枝中，一晃不见了。

雪其实不开花，即使开了也是落花，落着落着就没了；就像一段爱情，走着走就没了。

曾经深情相拥，说好一辈子，不知怎么就散了。也许是因为赌气，也许是一场误会，有意无意间就疏淡了。或者，因为一句话的不合，她以为他不爱她了，甩手而去的时候，眼泪似雪飘落。虽然转身离开，但她还是幻想着，希望对方能够追上来，说一句掏心掏肺的话，然后两人冰释前嫌，傻傻地笑。

肥皂剧里一个常见的镜头，在生活中却很现实，找不到风花雪月的浪漫。他说，你就任性吧，你把小姐脾气发挥得淋漓尽致，也换不来一朵开花的玫瑰。她说，我果真走了，纵有千万个理由，也不会再理你了！

不要说时间残忍，原来，一切皆可成为过去。谁都不肯认输，谁都不想先说出那三个字，过后彼此不闻不问，沉默太久连主动都需要勇气。一别竟成陌路，走了不再回头，各自有着自己的生活，各自爱着别人，世界没有因为两人的分离而缺少什么。

爱情经不起折腾，更经不起时空的考验。这世上最怕的是，当你需要爱的时候，他却不在。很多大学里的恋人，毕业后能够喜结连理的并不多。两地相思看起来很美，但终究熬不过牵肠挂肚的艰辛，连短短的几个月暑假，都能频繁上演分手的闹剧。

爱着一个人，总想与他朝夕相处，可以牵着他的手，侧脸就看到他的笑，随时向他吐露苦闷。当这样的简单需求成为奢望，见不到彼此，听不到对方的声音，天涯远隔，距离就会慢慢地磨淡彼此的感情。

一个人的生命里，来来往往都是擦肩而过的人，真正相知相爱的能有几个？你爱的人不爱你，你不爱的人偏爱上你，阴差阳错的事本来就不少，而能在茫茫人海中找到彼此真爱的人，是前世修来的缘分。

这样的福气要倍加珍惜，不要因为你忙得天荒地乱，不要因为你累得筋疲力尽，不要说等你有了钱、等你有了权再来相爱，但是爱情不会等你有空。有时候，错过了现在，就永远没有机会了。

"有些爱一直没机会爱，等有机会了，已经不爱了。有些爱给你很多机会，却不在意不在乎，想重视的时候已经没机会了。"

时间是个杀手，过完这阵子，你想爱的时候，爱已不在。

无法泅渡的蚕马之恋

　　青青桑树，栖于旷野之中，很普通的一棵。一直以来，我几乎没有重视过它。如果说每一朵花都会有爱情，那么，树呢，这样一棵不事张扬的桑树，会有它精彩的一面吗？

　　直至读了《蚕马》的故事，突然心动，并心疼。桑树无言，蚕马有情，千辛万苦的爱恋换来如此结局。这样一个凄美传说，唯有桑树承载，唯有桑一样的品性，才能养活这流传千年的非主流爱情。

　　这故事有点离奇。说的是有个女孩，父亲从军边疆，音信皆无，只与一匹白马相伴。她思念父亲，拍着马背说，谁能把她父亲找回来，就嫁给他。不曾想那白马一声长嘶，绝尘而去，不久，真的把她父亲载了回来。

　　女孩恐惧了，那本来是个玩笑，却被白马当成了真。她就此掩口不提，不顾白马每天对她扬蹄嘶吼。父亲惊怪，了解原委后，干脆将白马杀掉，马皮就晾晒在院子里。某日女孩与女伴在院中嬉戏，马皮厥然而起，卷女而去，最终合二为一，栖止于桑树，化为蚕。

如此狂暴，如此惊世骇俗之举，只有这匹烈性白马做得出来。冲冠一怒为红颜，我恍惚看到，愤怒而委屈的白马，望着心爱的女子，期盼诺言成真，一天一天，一年一年，希望成泡影，还为此搭上一条性命。是可忍，孰不可忍，白马终于"揭竿而起"，破空而来，以凌厉态势强暴爱情。

爱情就像两个拉橡皮筋的人，受伤的总是不愿放手的那个。女孩一句似真非真的玩笑，居然让诚实忠厚的白马动以真情。尽管这是一个神话，但我们用思想的触角展开想象，不难看到，这白马就是一个底层男人的化身，这一段地位悬殊的爱情，极有可能无疾而终。

白马是无辜的，它被希望点燃爱火，然后开始了那场毁灭性的等待。白马也是可怜的，它只是女孩家的一头牲口，连奴仆也算不上，即便杀了，谁又会把此事上升到"杀人偿命"的高度呢？谁又能为它鸣冤抱屈？是啊，女孩的父亲做事太绝，一匹马横竖也是一条命，怎么说想杀就杀，而且从某种程度上说，它还是他的"救命恩人"。

听说过白狐之恋，那是一段悱恻动人的爱情故事，令人向往。白狐之美，美在妖媚，会让任何一个男人动心，并甘心付出。白马之恋，却只是一厢情愿，即使白马英俊，也难以得到女孩的青睐。"我那么喜欢你，你喜欢我一下会死啊。"白马愤慨，死了也饶不了你，死也要带着你，全力以赴颠覆一切，直至融为一体。

从此，这世上就多了一种生物。因为它总是用丝缠住自己，人们就称它为"蚕"，而它丧生的那棵树就取名为"桑"。

一片桑林，就是蚕马栖息之地，它带着自己心爱的姑娘，食桑而活，生儿育女。看吧，蚕的头时而昂起，形似马首，作长嘶奋进状，而蚕身柔软，又像女性，缱绻缠绵着。它是对白马鲁莽之举抗议挣扎，还是柔情百结向它吐露情丝？

是的，谁也不知道，这是爱情的结晶，还是爱情的坟墓。

等到风景都看透

总有一些女人，情关过不了，爱得很惨烈，也烧得体无完肤。

为什么不停下来，看看身边的风景？或者等他风景看透，浪子回头？

等不及的，要是能等，就不是她要的爱情了。潇然走得坚决，她宁愿自己主动离开，也不让一粒沙子落在眼睛里。

与许多老套的故事一样，她的男人在婚姻之外，找了个年轻的会唱戏的女子。

潇然是个骨子里浪漫、清纯善良的女人，打着灯笼也难找。为了这个男人，她学着做菜烧饭，在他最失意的时候陪他过苦日子，在他失去信心的时候鼓励他从头再来。几年下来，把一个娇滴滴的大小姐修炼成相夫教子的贤妻良母。

贤妻有什么用，还不如妖精一样的女子。男人喜欢家里红旗不倒，外面彩旗飘飘，贤良的妻子守在后方，为他操持家务生儿育女，而他可以穿梭在花红柳绿之间，梅开几度。

相对于潇然的决断，有人劝她。说给他一次机会吧，因为年轻，更因为男人本性，既然贤良了，就继续贤良着，男人总有回心转意的一天；笑到最后的，往往是贤惠善良的女人。

等你风景看透，才陪我看细水长流？潇然不会等。女人再贤良，也不能可怜巴巴地望着你，在你看累了风景的时候，再微笑着为你递茶端水。

女人贤良是美德，这个道理谁都懂。可在男人这个问题上，太贤良了会被逼到死角，而且男人打心眼里不会迷恋贤良的女人。张幼仪够贤良温情了吧，侍奉公婆、抚育儿子，对徐志摩一直爱在心里，但到底还是被他遗弃了。而徐志摩迷上的陆小曼生活奢侈、还吸食鸦片，为了这个心爱的女人，徐志摩不惜辛苦奔波、四处举债。

为什么徐志摩把吸食鸦片的陆小曼当宝，而将贤淑能干的张幼仪当草？不要想不通，有时候，男人喜欢的不是仙女，而是妖精。

有句古话说得好，每个成功的男人背后，都有一个好女人。没错，站在自己男人背后时，女人是可以变得贤良。当男人一脚踢开贤良女人的时候，你还贤良着，还低眉着，那就是给了男人无底线的自由，等于把一颗真心放到男人手里任其折磨。

如果碰到这样的男人，也算倒霉了。不过，也不必着急，先变一变自己。

比如张幼仪，被他男人背叛抛弃之后，绝地转身，重新开启了自己新的人生。她先赴德国柏林攻读幼儿教育，回上海后开办了上海第一家时装公司，还担任了上海女子商业银行副总裁，成为一名出色的银行家。形象的重塑让徐志摩对她刮目相看，敬重有加。

徐志摩不爱的人，却赢得了一位医生的爱。张幼仪最后的幸福，是徐志摩和陆小曼所期望不到的。

"你在桥上看风景，看风景的人在楼上看你。"其实，每一个女人都可以成为风景，不管是春天还是秋天，总会找到一个懂得欣赏的人。

　　与其等他风景都看透，还不如打造自己美丽的风景。还要不要陪他看细水长流？你懂的！

只因看了你一眼

"只因为在人群中多看了你一眼，再也不会忘记你的容颜。"这首叫作《传奇》的老歌，是在暮春的一个午后悄然潜入心里，像流淌着的血液在身体里回旋，经久不息。

茫茫人海中，谁与谁在某一个路口相遇，谁与谁又在另一个转角错过？最是寻常之事，只是巧合了时光，一切便生出光华来。

一位经常出差的友人感叹：到了繁华都市，满眼皆是男人女人，我在人流中穿梭，竟然觉得他们与建筑物无异。

流动的建筑物。

因为没有遇见。

最好的遇见，是在熙熙攘攘的人群中，眼睛一亮，两颗从未碰撞过的心，抓紧拉近靠拢，有心有灵犀一点通的魔力。

心理学认为，异性之间的初次见面，男人对女人的关注时间若超过了 8.2 秒，这说明他有可能爱上她了。

原来，爱上一个人，都不消一分钟。宝玉遇见黛玉，那一眼肯定不止一分钟。"我们曾经见过"，宝玉傻乎乎地盯着黛玉，那一刻，他好似回到了前世，回到了三生石边的那段情缘。

如同杨柳遇见了春风，宝黛初遇，一眼便定一生，便是浩浩荡荡的一场红楼之梦。

尘世中的一对男女，如果有一次盛大的邂逅，便要倾尽洪荒之力。比如"爱情天梯"，那是发生在重庆江津的一个真实故事。

20 世纪 40 年代，他 6 岁时，16 岁的她成了别人的新娘，因为前几天磕断了门牙，按当地习俗只要新娘子在他的嘴里摸一下，小孩子的新牙就会长出来。于是，在长辈的带领下，他来到新娘子面前，一只兰花般的手从轿前的布帘边伸出，轻轻放到他的嘴里。他紧张地一呛，却咬住了新娘子的手。新娘子用另一只手掀开布帘，他仰头发现，仙女般的新娘子正含嗔带怒盯着自己！

他一直站在原地发呆。新娘惊鸿一瞥令男孩情窦初开，种植在心里，从此再未离开。

10 年后，她不幸丧夫守寡，孤儿寡母令血性小伙不胜爱怜。他帮助她担水劈柴，照顾小孩，双方感情陡然升起，然而在一个封闭且封建的小山村中，世俗的压力可想而知。为逃避世俗的偏见和闲言碎语，在一个清风朗月的夜晚，他携着她和四个年幼的孩子，逃至与世隔绝的深山老林，为了出入方便，为了老伴的安全，他在悬崖峭壁、荆棘丛生的山崖间，开凿出 6000 级石梯，徒手营造他和她的爱情家园。

刘国江和徐朝清，这对隐居在深山半世纪的恩爱夫妻，50 年后终于被发现，并轰动全国，成为"中国十大经典爱情故事"。

只因看了你一眼，经年中，便有了刻骨的思念。为了追逐爱情，他们在险恶的环境下生存了 50 多年，从沧海到桑田，从青丝到白发，他们像盘古一样，用双手开辟出一片新天地，在那里生儿育女，一住就是一辈子。

岁月静好，红尘安然，涉水而来的一声呼唤，注定今生的遇见。

这一眼，就一生，成了千古传奇。

相见欢

当弃妇遇上前夫

是一个春日，阳光淡淡地涂抹着山野，像谁的明镜，似有似无地映照着这里的山山水水，一种恍若隔世般地迷离，一种欲说还休的情绪。

一个上山采蘼芜的女子，挎一藤篮，穿过窄窄的小径，猛然间，一个熟悉的身影横在了她的面前，她一呆，一阵痛从心里弥漫开来，硬生生地向全身扩散。

这个冤家！真叫狭路相逢啊！

弃妇与前夫，于是有了一段精彩的对白。

"新人复何如？"

"新人虽言好，未若故人姝。"

似乎有些幽怨，似乎有些醋意。蘼芜女子一开口，伤感之情溢于言表。是啊，新人当然是好的，容貌也不错，那差别在哪里啊？接下来，前夫的一番比较，让蘼芜女子又一阵心酸。

"新人工织缣，故人工织素。

织缣日一匹，织素五丈余。

将缣来比素，新人不如故。"

原来，前夫夸奖的是她的丝织技能。"缣""素"都是绢。素色洁白，缣色带黄，素贵缣贱。新人只织缣，故人善织素。这样的手工活，新人无论如何是比不过你的。

"一夫不耕或受之饥，一女不织或受之寒。"传统的农耕时代，男耕女织天经地义，女子纺织的手艺同男子的身强力壮一样重要。"四德"所谓"妇德、妇言、妇容、妇功"，按照郑玄的解释是：妇德谓贞顺，妇言谓辞令，妇容谓婉娩，妇功谓丝枲。可见织素在古代女子身上所占的地位。

那些丝绸产品，丝丝缕缕都与女人相连，特别是一些上好的产品，不是一般女子能够织得的。所以，你做的产品质量好，价格高，自然为家庭创收得多。

然而，这又有什么用呢？一个贤妻良母型的会干活的女子，最终还是摆脱不了被休的境地。

一首《上山采蘼芜》，道尽了一个弃妇的无言悲伤。是的，你兢兢业业持家，辛辛苦苦纺织，白天兼着黑夜，除了织绢还是织绢，没有了自己的空间，也没有了自己的时间。可是，男人的心，说变就变了，说休就休了妻。

封建礼教的枷锁，历来是一把无形的刀刃，不经意间扼杀爱情，扼杀亲情。不知道蘼芜女子是因为不能生育被休，还是另有隐情。山路上，相逢的两个人，一对旧夫妻，一问一答，看得出来，男的还是有所眷恋，女的依然有所期待。织丝之能，一技之长，是留给男人最真实的感受，也是他最难以忘怀的一桩旧事。当然，在封建社会，这自然是养家糊口的一种生存能力。

悲欢离合，此去经年，岁月竟如此苍老，一场对白，分明有一份伤痛和无奈。衣不如新，人不如故，可这世间之情，谁也说不清，对于前妻，说他眷恋也好，怜惜也好，只是时过境迁，落花成冢，谁也改变不了这个悲凉的事实。

时光若留，又何苦悲景伤情。

草色青翠，春风拂过，一群飞鸟扑棱棱地落入路边的树梢上。尘烟往事，皆然入定。

端午，雨纷纷。

五月的雨，缠绵着，温柔着，仿佛你离开时那一抹迷离的眼神。我的爱车里，依然挂着你送我的一个香袋。这是你亲手做的，玫瑰色的缎面，鸡心形状，大红的流苏吊穗别有一番味道。

你是一个素色女孩，家在江南。梦一样的雨巷，梦一样的青石板，清风缓缓地吹过，一阵寂寂的丁香花在幽静悠长的深巷里开成自己的颜色。这似乎是我贪恋的一种美，你的一颦一笑，你的莲步轻移，使我日日想念，夜夜相思。

邂逅，在那个春天。桃花已开，心事酝酿，我们完成了上苍的安排，开始一段浪漫之旅。

在六角凉亭，我们聆听风的呢喃，模仿泰坦尼克号的杰克和罗丝站在船头"迎风飞翔"，你撑开双臂，面前是一望无际的青山绿水，我深情地拥着你，仿佛有经典的音乐响起，身边洒满了欢笑和幸福。我们漫步在有月光的晚上，一不小心叫醒了青蛙和夜莺，一片月色掉下来，在你身上，又一片月色落下来，在我身上。你说，月亮见证，我们一起走过的日子，永远不会褪色。

三月花开，四月草青，五月梅雨。时光便是一壶酒，我们都醉在其中。那时候，你是我生命中的一朵花，在最美最灿烂的时刻开放，那沁人心脾的香味熏陶着，我像小鸟一样开心，像鱼儿一样欢快，苦闷的日子变得轻松，不知道人间还有悲伤和痛苦。

两情缱绻，花好月圆。你说要送我一样东西，一定要自己亲手做的。那个端午节，你使出看家本领，当然也是你自小学成的技艺，做了一个心形香袋。挂香袋是端午节的传统特色，据说可以辟邪免疫，一般来说，香袋是用真丝织锦缎缝制，亮丽又不失精巧。如今手工做的东西值钱，于我而言，这缎面做的香袋更含情，朱砂、香粉包裹在棉絮之中，软软的、柔柔的，而淡淡的清香如丝如缕萦绕身旁。

也许，世界上最不能相信的是誓言。时空变幻，四季轮换，誓言转眼成空。

一个不经意的小插曲，一句赌气的话，沉默了彼此，淡忘了所有。一切那么脆弱，一切如过眼云烟，我不知道还有什么理由能够挽留你。

你说你累了。没有一句解释，也没有一声责问，就这样离开了我，从此陌路。但我相信，懂你的，是我；想你的，还是我。

俯首拾起那零落的记忆，几许落寞，几许伤痛。曾经以为的天长地久，不过是指尖上轻舞的温柔，悱恻了一窗烟雨；曾经向往的地老天荒，无非是一个美丽的童话，消散在某个醒来的清晨。流光飞逝，花开花谢，唯有你的影子又增几分。

一场美丽的相遇，只能深深埋葬在心底，回忆的甜蜜，依然快乐着我的快乐。隔着一水天涯，魂牵梦萦的相思，染透了忧伤寂寞的夜。那些幽梦盛满了一季的情怀，暮色中的风吟，全是你的身影。酸痛的思念和牵挂，以及清晰又遥远的感动和温暖，总是在梅雨季节泛起。

又是一年端午，艾叶飘香，心海微波荡漾，一幕幕染指花凉。

光阴渐老，青春不再。你的梦境，是否还能出现我的身影？是否还留我几许柔情？情爱花落，岁月添愁，我的生命视同虚无，每天徘徊花前月下，把酒仰天长叹，今晚你将醉在谁的臂弯？

此生，我走不出你的视线，走不出你最初那顾盼的秋波。一起走过的日子，一起看过的花儿，那些想念着的、向往着的，如同这个幽幽飘香的香袋，总让我恋恋回眸，不能忘怀。

雨，淅淅沥沥，下个不停。不论你走到哪里，不管你是否记得我，我依然为你祝福，为你祈祷。

你若安好，便是晴天。

相
见
欢

莫若浅喜

遇见自己喜欢的东西，内心是愉悦的，脸上发光，眼睛发亮，整个人似沐浴在花开的清晨，尽得香味。

比如一件心仪已久的漂亮衣服，比如一种梦寐以求的生活状态，再比如一位前世有约的知心爱人，在时光无垠的荒野中，就那么相遇了，像隔世的光阴里走来另一个自己，毫无理由地喜欢。

心里惦念着一条碎花长裙，下班路上随意地逛，拐进一个叫"天意"的店里，突然发现真有那么一款，与我想象中的一模一样，仿佛是从梦里走来，仿佛为我落入凡尘，连那一小朵一小朵的碎花儿，也散发着梦里的甜香。心念已动，没有半分犹豫，收囊入怀。

喜欢，不只是眼缘，更是追随内心的一种状态。人们常说，要做自己喜欢做的事。可人在江湖，有多少人能够以己所喜选择工作，选择生活，选择人生？而且，即使选择了喜欢的，谁又能保证一辈子会喜欢着，而不会中途退场？

台湾作家三毛，是一位被千千万万读者喜欢和怀念的传奇女子，她想要的生活，就是周游世界。因为少时读过《三毛流浪记》，她把自己的笔名取为三毛。她孤身一人闯撒哈拉沙漠，周游美洲十二国，她敢于做自己喜欢做的事。

她与荷西的爱情，在撒哈拉绽放出别样的美丽，携手度过六年神仙眷侣般的时光，人生由此绚烂多姿。一生最爱的荷西，在一次意外中撒手人寰，留给三毛无尽的伤痛。

荷西之后，三毛唯一一次的心动，是为了西部歌王王洛宾。

遇见的时候，王洛宾已经老了，但他们之间有太多惊人的相同之处，她觉得自己的心与这位老人系在了一起，难舍难分。没多久，她带着沉甸甸的皮箱飞往乌鲁木齐，随君直到夜郎西。她要长期居住下来，与她所喜欢的人在一起。

然而，她错了，王洛宾没有她想象的那么浪漫诗意，他承担不了她对他的情感寄托和人生理想。失望之余，拎着同样沉重的皮箱，穿过一阵冷似一阵的西北风，她飞回了台北。

太过用力的爱，伤情更伤心。几个月后，这位女子自缢身亡。

爱就爱得淋漓，不爱也决绝果断。率真的三毛终究逃不掉自己的命运，在天平的那一头，那份喜欢找不到平衡的支点。

喜欢一个人，不像喜欢一件物品那样简单，而是彼此的许诺。极致的喜欢便是深爱，是两情相悦，是灵魂深处的执着相守和深情对望。"我欲与君相知，长命无绝衰，山无棱，江水为竭……"惊天动地的爱，爱到深处，碎了，便是撕心裂肺。

莫若浅喜。

初见，一眼惊心，刹那心动。小小的欢喜，如陌上花开，枝头一抹艳红，你若有缘，能听得见花开的声音。一笑，一个眼神，然后一问：你也在这里吗？

相
见
欢

我若盛开，清风自来。就浅浅地喜欢着，清淡如水地喜欢着，天空辽远，在祥云缭绕的地方快乐地散步，心底里开出一朵奇葩，就够了。

邂逅

越剧《珍珠凤》，是从一场美丽的邂逅开始的。剧情老套得要命，唱腔软绵得揪心，但还是逃不过年少时的迷恋，现在想来，依旧唇齿留香。

桃花初放，一枝红杏斜出墙外，鸟儿在树上清啼，问心庵里的春光与俗世的风景没有两样。满脸春色的千金小姐霍定金来此花园游玩，忽见文必正在墙上题诗，就呆立着品味诗之美妙，文必正回头一眼，四目相对，惊心惊情，惊艳了两个人的一生一世。

一眼慌乱，霍小姐自然"中枪"了，头上珠凤掉了一只，被文必正拾起。

一见倾心，再见却难于上青天。文必正抛弃功名，卖身为奴"潜伏"霍府，为的是见佳人一面。几番周折，直到一双珠凤成对，花好月圆。

邂逅是一个浪漫而有诗意的词，有一种"暗里回眸深

相见欢

\ 141

属意"的感觉，很适宜生长在古代，想而不得，盼而无望，过程缓慢悠长，思恋着，落寞着，伤感着……

此词出自《诗经》："野有蔓草，零露漙兮。有美一人，清扬婉兮。邂逅相遇，适我愿兮。"不期而遇的那个人是陌生的，是素未谋面的一个女子，在蔓草青青的荒野，眉目流盼，娇笑倩兮，一切的一切，就在刹那间，像山风浩荡，像清水明媚，那惊鸿一瞥，是逃不掉的一段爱情。

在古代，邂逅或一见钟情是才子佳人的爱情模式，《西厢记》、《牡丹亭》、《镜花缘》都有偶遇的章节，在庙会，在后院，在女墙，只要女子迈出深闺，似乎便有爱情在某处开花。

留传千年的文学作品中，凡能用上邂逅一词的，不是才子佳人就是英雄美人，西门庆与潘金莲也是不期而遇，但断断使不得这个词儿。

来看看那一竿子的风情，潘金莲撑起窗户的竹竿，一不小心掉落在西门庆身上，他正待发作，不想抬头看见是一个美貌妖娆的妇人，"先自酥了半边"，"一双积年招花惹草、惯觑风情的贼眼"盯着潘金莲不放。潘金莲也在帘下眼巴巴地看着那人走远，才收了帘子。

一个是贼眼，一个是桃花眼，一碰即着，干柴烈火的节奏。不要说用邂逅，就是用偶遇也嫌文气了些；也不说他们有没有爱情，即使有也感觉不是浪漫，而是浪荡，是奸情。

都是人品惹的祸，谁让西门庆是一个淫恶之人？奇淫无比又无恶不作的人，虽然长得风流倜傥，能文能武，口袋里还有钱，但配不上邂逅这个词。都说西门庆待李瓶儿真情实意，是他不肯亏负的一个女人，《金瓶梅词话》里描写他们相遇的一段，李瓶儿站在台基上，西门庆进来，"两个撞了个满怀"，又一日，李瓶儿在槅扇外偷看，西门庆出来解手，再一次"两个撞了个满怀"，结果是，当晚就撞上了床。

西门庆的几番艳遇，大部分是"撞"来的，有意无意间，就那么撞上了，相撞之后，偷情也就开始了。无论哪一次相遇，都是撞，而不是邂逅。

原来，邂逅的标签，不在故事动人不动人，而在于你的人品。

戒不戒烟，与爱无关

烟之于男人，犹如化妆品之于女人。对大多数男人来说，烟是戒不掉的一个情人，是欲罢不能的毒药。

轻轻按下打火机，男人的指缝间，樱红的火焰亮了一下，一缕缕青烟缓缓升起，继而是一个又一个烟圈肆意飞舞……都说，喜欢抽烟的男人，不是有故事就是有内容。

有个调查，询问女性对男人抽烟的态度。七成以上的女网友表示，莱昂纳多、布拉德·皮特这样的男人抽烟，那是风流倜傥；如果是长得像赵本山或小沈阳的，就别为雾霾天气添堵了。是嘛，长得帅就是资本，莱昂纳多抽烟多有型，布拉德·皮特抽烟特性感，再看看周润发演的角色，手捏一支烟的范儿，简直帅呆了，台下都是无限崇拜的眼神。

在某种时候，烟是男人的道具，也是女人的迷魂药。女人不喜欢满嘴酒气的男人，但喜欢看男人抽烟的样子，喜欢男人身上淡淡的烟草味，因为喜欢这样的味道，而想要去读懂对方；男人抽烟就像男人的沉默，流露着一份成熟和深沉美，从缭绕的烟雾中能读出男人的喜怒哀乐，以及偶尔的颓废消沉。虽然，女人不能忍受整天烟雾缭绕的生活和工作环境，但会欣赏他抽烟那种姿态。

女人喜欢抽烟的男人，但不一定喜欢身边的男人抽烟。假如他是你的丈夫，女人会建议他甚至强迫他戒烟，说烟的种种不好，首先是害己，烟里有那么多有毒的东西，如尼古丁、一氧化碳什么的，对身体危害很大；其次是害人，影响家人和孩子的健康，还要污染环境……理由一大堆，目的是劝你戒烟。

烟不是好东西，哥只是迷恋它。男人一旦成为瘾君子，是九头牛两只虎也拉不回来的，除非他主动"浪子回头"。

不说东哥有多大烟瘾，但一直爱好那一口，聊着聊着便腾云驾雾起来，东嫂说了一次没用，说了两次三次还是没用，大不了就偷偷地抽。一次朋友们在他家里玩牌，中途立起，说为我们烧茶水去。一支烟的功夫，他进来了，带着满身烟味进来了。众人大笑，断定他悄悄抽烟去了，东哥红着脸争辩，但证据就摆那儿了——关着门开着空调的小房间，还不知道混进什么味来吗?!

前阵子，东哥突然戒烟，再怎么诱骗也不沾一口。东嫂趁热打铁，表扬再加赞赏，说东哥的脸变白了，牙也不黄了，麻秆似的身材也长壮实了。总之，东哥彻底与烟拜拜了。

抽烟装酷的男人只在荧幕上，现实中的男人一旦成了瘾君子，早已丢失了抽烟的美学意味，烟灰满地，烟蒂乱扔，再怎么看也不是潇洒风度，只沦落烟民一个。满屋子的烟气和浓烈的烟草味，挑战着女人的忍受极限，含嗔怒道：你再抽烟，跟你分道扬镳！

——只是说说而已。至少我没有听说因抽烟而分手的，抽烟只是抽烟，与一个人的品行沾不上边。说来说去，抽烟与膜拜有关，戒烟与爱情无关。

盼望七夕

今晚无月，唯有星星闪亮的眼睛；微风轻如羽纱，一点点吹动我的裙角。红色的、白色的、黄色的丝线柔滑艳丽，在我手中穿梭跳跃，却无法缀成美丽的云彩。我知道，我的心绪乱了。

牛郎，我想你了！

想念是会呼吸的痛，它游走在我身上的每一个角落，一点即着，随时会燃烧。我想着我们的前生今世，想着想着，我的心口便疼了起来。

相遇，是春日里盛放的桃花。在金色的阳光里，所有的颜色纷纷褪尽，所有的流水悄然无言，你明亮的眼眸让天空黯然失色。

情投意合，心心相印，我感受到来自你心底里的爱。可是，天条律令不允许男欢女爱、私自相恋的，因此我们注定要遭受劫难。王母金口一开，你就被贬下凡尘，而我

相见欢

\ 145

也失去了自由，整天坐在织机边，不停地织着云锦。那是用一种神奇的丝在织布机上织出层层叠叠的美丽云彩，随着时间和季节的不同而变幻它们的颜色。在周而复始、无穷无尽的劳作中，我在寻找机遇，焚心等候。

终于有一天，我下凡了，见到了日思夜想的你。我不想做神仙眷侣，只愿做人间平凡夫妻。

我的心，你懂的。

时光在简单的日子里悠悠而过，男耕女织，相亲相爱，这是一幅夫唱妇随的经典画面。我很知足。不久，我们有了一双可爱的儿女。

有一天，我正在做饭，突然间，狂风大作，天兵天将从天而降，我甚至来不及向你告别，就被押解着飞向天空。"织女，等等我！"我分明听见了你的声音，回头一看，你用箩筐挑着一对儿女赶来了。眼看距离越来越近，相逢就在眼前，可王母来了，拔下头上金簪，往我们中间一划。霎时间，一条天河波涛滚滚，横亘在我你之间，再也无法跨越。

从此有了七夕，从此有了一年一度的鹊桥相会。

纤云弄巧，飞星传恨，银汉迢迢暗度。

金风玉露一相逢，便胜却人间无数。

柔情似水，佳期如梦，忍顾鹊桥归路？

两情若是久长时，又岂在朝朝暮暮。

人生如梦，聚散总有时。一段朝夕别离的旧时光，像是晓风残月中下了一场淋漓尽致的雨，迷离了我苦等的眼睛。蓦然回首，缠绵的雨丝、梦中的呓语，湿润了思念的心情。

放眼空中，云儿淡淡，如同你浅浅的微笑。我知道，你日日注视着满天云霞，眉梢间的忧郁，眼底里的思念若隐若现。那些收藏的记忆，总是在百花深处翩翩起舞，抛不开你那温柔的目光，忘不了你渐渐远去的身影。我多么希望我的手放在你的手心里，你的心和我的心可以重叠，在这个寂寞的光阴里互相取暖。

如今，我的生命中只剩下一件事情：盼望七夕！

几度欢情和离恨，年年并在此宵中。我触摸到了你的气息，感受到了爱情的甜蜜。我手中的丝线乱了颜色，我脚下的织机乱了离合，我脸上的胭脂乱了妆容，我突突狂跳的心乱了方向！

牛郎，你来了吗?!

我只想要你的温柔，想在你怀中放肆地流泪，想你抱着我，低声唤我"傻瓜"。

一天，只要有这样的一天，一切的痴，一切的怨，一切的苦，一切的累，都已云淡风轻。与你相遇，短暂如梦，已抵过了世间无数的美好幸福。

七夕，是我的，是你的，是我们共同拥有的日子，是天上人间最美好的日子！

你看，成群的喜鹊来了，满天的彩霞羞红了脸。多么美啊，爱的七夕，浪漫锦绣，一刻铸成永远！

若有来生

若有来生。

多好的一个词啊，读着读着便觉绿意铺卷，有点幽远，有点梦幻，还有一点淡淡的惆怅。

一定是情深却是缘浅，有缘却是无分。瞧，多好的一个人啊，可是已为人妻，无法再娶；多好的一对啊，可由于种种原因，不能结为连理。这世上总有不少痴男怨女，因为今生无缘相聚，只好祈盼来世相爱。

一心向佛、信念坚定的唐僧也逃不脱。女儿国里温柔美貌的国王，一次次向他示爱，愿意拱手出让万里江山，只求他能留下来。"鸳鸯双栖蝶双飞，满园春色惹人醉，悄悄问圣僧，女儿美不美"。

这是《西游记》里最温情的一段"女儿情"，唐僧遇到了一个不是妖精的女人，一个真心喜欢他的女人。说他不动心吗？眼里分明闪烁着一种叫作情的东西，如此柔情如水，如此尊贵骄傲的女王，怎可拒绝？

"说什么王权富贵，怕什么戒律清规，只愿天长地久，与我意中人儿紧相随。爱恋伊，爱恋伊，愿今生常相随。"是啊，如若真心相爱，还怕什么戒律清规。此刻的唐僧，一定很纠结，甚至恍惚和动摇，"若有来生……"天哪，唐僧真的说出了这样的话。他动心了！

然而，这个念头只是一闪而过。"苏醒"后的唐僧还是战胜了儿女感情，拍拍马，绝尘而去，从此伊人分别，天各一方。远去矣，远去矣，那一声"御弟哥哥"，唤出了多少心意？那一句"若有来生"，怎不叫人千回百转？

韩寒导演的处女作《后会无期》最近十分火热，他说喜欢"女儿情"，是因为唐僧离开女儿国时说了一句：若有来生。该片中的女主人公袁泉是喜欢浩瀚的，愿意听他诉说，接受他的情感，只不过造化弄人，所以她说"喜欢就是放肆，但爱就是克制"，这样一句看似无心的话，隐晦地说了我爱你，只是若有来生。而当时回旋的背景音乐就是《西游记》里女王与唐僧分别时的"女儿情"。

一路向前，后会无期。很多时候我们会愤怒会怨恨，但过后想想，有什么可以放不下呢？此刻轰轰烈烈，到头来还是平平淡淡。《西游记》最后描写到，唐僧成佛后腾云返回东土时，只是听八戒说"下面是女儿国"，仅此而已。不知唐僧心里如何感想，也不知那个女儿国国王是否独身终老，而待来生？

留一个美好的念想，未必不好。纵然来世遥遥无期，未知能否重逢，但坚持一个梦想，或是在梦想中坚持，就有饱满的希望。因果看三世，不能论一生。佛说有来生，而我更愿意相信缘分，前世的五百次回眸换来今生的擦肩而过，一切似乎命中注定，一切又在机缘巧合之中。

若，今生已错过，还有来生。来生里，虽然记不得彼此的容颜，但一定有前世留下的痕迹，三生石上刻下了你的名字，无名湖边照见了我的倩影，双双对对，你情我愿，还不够吗？

如果有来生，不要"君生我未生，我生君已老"的错误时间，不要"我在天之涯，你在海之角"的错误地点，也不要"事业与爱情，哪个价更高"的艰难选择，在合适的地点和合适的时间，遇上你所爱的人，如此便好。

有一种感情，叫作若有来生。

相敬如宾

形容一对恩爱夫妻，喜欢用"相敬如宾"的成语。没错，谁都希望婚姻美满，白头偕老，许多新婚的证婚词或是祝福语，都喜庆地献上这个词。

好夫妻确实有，但一对从没红过脸的、像宾客一样相待的夫妻，真的有吗？古代传说或是古戏里见过举案齐眉、相敬如宾的典范，不知道是不是用来教育人的。

相敬如宾，说的是春秋时一个叫邓缺的人在田里除草，他的妻子把午饭送到田头，恭恭敬敬地双手把饭捧给丈夫，丈夫庄重地接过来，毕恭毕敬地祝福之后再用饭。妻子在丈夫用饭时，恭敬地侍立在一旁等着他吃完，收拾餐具辞别丈夫而去。

田间地头吃顿饭，还那么多繁文缛节，这边施礼，那厢答礼；对方一鞠躬，自己就作揖，累不累啊！都是朝夕相处的夫妻了，还事事互敬，那他们真的能时时互爱吗？

如果只是装的，或是以几十年的隐忍为代价来操守这种礼节，是不是有些可怕？长此以往，一敬再敬，不敬也敬，反而成了敬而远之。

相敬如宾？抑或相敬如冰？

热恋中的爱人，肯定不会相敬如宾。都到了卿卿我我、你侬我侬的份上，巴不得时刻腻在一起，问一句"我可以抱你吗？"也嫌多余。只要不在大庭广众之下大秀恩爱，只要不在别人面前干房间里的体力活，没人认为你缺少礼仪，也没人认为你们不够恩爱。

一旦结成夫妻，柴米油盐的日子少了些浪漫，但未必相敬如宾，事事谦让。一个家庭很温馨，也一定会有摩擦，偶尔拌嘴吵架在所难免。一对经常小吵小闹的夫妻，反而更有情趣，"爱你才和你吵"。说这话的女人就是一脸的小幸福，她喜欢使使小性子，喜欢唠叨她的丈夫。"女人就是麻烦。"丈夫有时也愤恨，嫌她多嘴，嫌她无事生非，两人像炒豆一样，噼里啪啦地闹一阵，一会儿又风平浪静。

李隆基、杨玉环，一个贵为天子，一个绝世佳人，双双为我们演绎了一场缠绵悱恻的千古感人爱情剧。他们未必时时举案齐眉，有时候就像小两口吵架，闹闹情绪、发发脾气，似平民化的爱情。一次杨贵妃居然吃醋闹大了，被唐玄宗打发回了娘家。过后，唐玄宗寝食难安，忍不住又把她召回来了。其实，一个爱撒娇、使小性子的女人，比知礼仪、少情趣的女人更得男人欢心。

说穿了，谁也不喜欢呆板乏味的生活，谁也不希望套上传统的精神枷锁。夫妻恩爱，不在于宾客相待，而是随性随情，想说就说想做就做。拉拉妻子的手，摸摸妻子的头发；在自己丈夫面前，胡搅蛮缠一番，偶尔揪他耳朵，看他龇牙咧嘴求饶，如此活色生香的日子，胜似天上人间。

夫妻之间，相互敬重是必要的，相敬如宾却见生分了。如果两个人相处，闺房内还得正襟危坐，行宾客之礼，这样的人做夫妻，不是老死、病死，而是活活累死。

淡了就散了

在一家美发店烫发，有一段漫长的等待时间。几年前还没微信，就玩人家的电脑。一敲键盘，屏保开启，慢慢地飘出几个字：淡了就散了。

忽然很惊心。简洁的画面，干净的色彩，那白色的隶书，似乎每个字都拖了一个燕尾，从淡蓝色的屏幕右下角飘了出来，飘啊飘，一直飘到左前方，不见了。

惊心的当然是这句话，细细读来，恍有过尽千帆之感，又似梵音落入心底。潮起潮落，缘尽缘散，一切皆是淡然。比如爱情，爱过、恨过，痴过、等过，到头来，一如是天上的云，淡了就散了。

莫非一种境界？在大多数人看来，这或许是逃避的方式，或许是无奈的选择。不过，能够走到这一步，你是懂了，通了，悟了，从水深火热的爱情中认真地把自己解救出来了。

伤筋动骨地爱，爱得深，爱到痴。一个男人不需要多少好，但注定是你命里的克星，你情愿为他低头，甚至削足适履，为了他把自己粉碎了也愿意。

　　怕他嫌你胖，你会一天到晚只吃水果不吃半粒米饭，外加肚皮舞和瑜伽拼命练掉多余赘肉，细腰一把，只是为了他喜欢。他说忙，忙得没有时间陪你，连打个电话也没空，你相信了，相信他为了你在奋斗，然后像傻子一样傻傻地等。而只要他一个电话，你就会屁颠屁颠地去，坐上几个小时的车等在他的窗下。

　　地老天荒、海枯石烂这样的话说了 N 次，还嫌不够，巴不得身体每个细胞装满爱，好到不能再好，连彼此一个眼神都会燃烧成灾。两个人的默契，犹如螺丝钉和螺帽般完美结合，精力充沛到有用不完的力气，从白天到晚上，说着说着就往俗里说了，我们生个女儿吧，眼睛像你，皮肤像我，名字嘛，就加上各自的姓氏。嘿嘿，分明是做夫妻的节奏。

　　"爱情真是一个妖，吞了人，连骨头都没有吐。"想起雪小禅说过的话。恋爱的时候是，失恋的时候也是，妖精的事业就是让你欲罢不能。

　　世间好物不坚牢，彩云易散琉璃易碎。一切美好的东西总是碎得心疼，爱情的结局不一定花好月圆，转眼间反目成仇的恋人有不少。刚刚看完《今日说法》电视栏目，说的是一对初恋情人，男的家庭条件不好，去外出打工，一年后回来，女的已另嫁他人。嫁便嫁了，但觉得没前男友好，于是两人藕断丝连又纠缠在一起，说好离了还是嫁他。

　　离婚之路走得漫长，一晃就是十年。等啊等，等待无望的男人娶了妻，妻带来了与前夫生的一个女儿。偏偏这个时候，女的离了婚。

　　这段情就成了穿肠毒。女的恨嫁不成，看着心爱的人另抱琵琶，自己孤枕难眠，一下发了昏，把毒鼠强放到了他家的电饭煲里，害得人家妻女中毒，她自己锒铛入狱。

　　情到深处做的傻事，代价是必须的。为什么非要一根筋到底，不达目的誓不罢休呢？太过用力的爱，别人承受不起；盛大的爱情，不过是一场浓烈绚烂的花事。

　　其实，世界上真的没有什么永远，也没有什么可以忘不了。一段友情，离开了就淡了；一段爱情，山河缥缈，时空有隔，风一吹就淡了，淡了就散了。

忘记

忘记，自然要叫你忘掉的。但有些事的确忘不了。

比如说亲情吧。兔子的婆婆活了 92 岁，年纪大了，如一盏燃尽的油灯，一点点慢慢熄灭，前几日去了天堂。逝世前的一段时间，她很安静，许多人和事都记不得了，只记得几个子女。大女儿早年生了病，去年先她一步走了，家里人怕她伤心，一直瞒着。大女儿一周年的忌日，老太太一反常态，突然很闹心，整夜整夜不睡，不时地喊着大女儿的名字。

什么都可以忘掉，唯有亲情忘不了。难道母女之间真有心灵感应？都老成一把枯骨了，都神志不清了，心里惦着念着的，依然是再也不会出现的大女儿。

人越老，忘性也越大，记得的人也越来越少。街上碰到一个人，眉眼儿很熟，话语也很亲切，分明是几十年前认识的外婆家邻人，但就是想不起她的名字，恍如隔世般的相遇，我愣了好久。

她说了很多，说小时候我跟她去了什么地方，做了什么的事，还陪她去山上找回丢失的一个发夹。而这些，我都忘记了。透过这张熟悉的面孔，费力地在记忆库里寻找有些模糊的她。

好多这样的人，被我忘记了；许多无关紧要的事，与我不相干了。或许到老得走不动了，活在记忆里的，只剩下身边最亲近的人。

真是一件无可奈何的事。不是怨自己记性差，就是恨时间过得太快；不是我忘记你，就是你丢失了我。

话说回来，忘记一些不属于自己的东西，或者忘记一段带来伤痛的情感，未必不好。论坛上一网友在吐槽：跟男友一起四年，最近分手了，可总是忘不掉他，简直要疯掉。怎么办？她说想了许多办法，比如说马上找个男人来替代，比如说一个人去远游，但无济于事。

"为什么要那么痛苦地去忘记一个人？时间自然会让你忘记。"我把张小娴说过的话发过去，跟上一帖。

俗话说，爱一个人比忘记一个人容易。一个人会恋爱，也会失恋，恋爱是甜蜜的，失恋是痛苦的，爱情本来就是长着两副面孔的怪物。你想努力忘记，愈是无法忘记，只有时间才是医治的良药，走过了风，走过了雨，直到有一天再次相遇，才发现那个人不过是平平常常的一株草，一点感觉都没有了；或者，在某一次聚会，听别人提起他的名字，仿佛很遥远了，自己曾经深爱过的那个人，差不多已经忘记。

不忘记其实是最痛的。记住该记住的，接受不能改变的，一段逝去的感情，无论当初多么相爱至深，不离不弃，一旦情已不再，忘记最好。一些与己无关的事物，不要牢牢纠缠，该删除的就删除，就当一切归零。

相见欢

相思有毒

"原来姹紫嫣红开遍，似这般都付与断井颓垣……"《牡丹亭》里的唱词十分艳丽，又温软得要命。唱这词的叫杜丽娘，正是怀春的年纪，因为游园做了一个白日梦，梦见一介书生拿着一枝绿柳要她题诗，后来被那书生抱到牡丹亭畔，"忍耐温存一晌眠"，一番云雨，无限快慰。从此，丽娘日思夜想，一次次去花园寻梦，有多少销魂就有多少失望，失望之下相思成病，病着病着就奔着天国去了。

一个思春梦，一场相思病。为了一个子虚乌有的人，无端地丢掉性命，这不是大头天话吗？谁能想到，真有一个叫柳梦梅的书生撞上门来，在花园闲游，得到丽娘春容画卷，并与魂灵相会，之后死去的杜丽娘居然还魂，与梦梅结为永好。

汤显祖讲故事的能力，说声佩服是必须的。

看过许多类似的戏，比如《梁祝》、《西厢记》、《红楼梦》，都是才子佳人的排场，不是痴就是傻；不是相思害了命，就是灵魂出了窍。一对要死要活的情种在戏里缠缠绵绵，非要把你的一根神经拽出来才甘心。

相思像个红柿子，总往软的捏，说得好听点，相思病要生在才子佳人身上，才好看些。梁山伯娶英台不成，茶饭不思，郁郁成疾，死了；贾宝玉与黛玉因爱情无望，看破红尘，出家了。无论什么样的结局，都能赚得几滴同情的眼泪。

《水浒传》的高衙内也患过相思病，他看上了林冲的娘子，直接就上，调戏一次不成，又骗得她来，还是没得手。"这病是越添得重了，眼见的半年三个月性命难保。"

高衙内的相思病，肯定没人同情。一个泼皮无赖、花花太岁，看上好东西直接就抢，抢不到便生病，这相思病生在他身上，感觉像吃了一个苍蝇，难受得很。

事实上，无论是好人坏人，无论英雄还是狗熊，都会相思。想而不得，病死是一种。最让人开怀的是心想事成："你想我吗？""我爱煞你哩！"然后相拥相偎，一缕相思化用绕指柔。

爱到刻骨，相思有毒。据说相思病与精神病很接近，可以导致癫狂、抑郁、迷茫、狂躁、妄想等症状，严重者可致命。相比于古人文文静静相思到死的风雅，现代人就夸张多了，一旦对方不爱，或爱而不得，便寻死觅活，不是跳楼跳河，就是割脉自杀，吵吵嚷嚷非要闹点动静。

喜欢上大明星刘德华的女子叫杨丽娟，自称1994年的一天晚上，突然梦到了华仔的一幅照片，她觉得缘分来了，就开始辍学"专职"迷恋华仔的照片、海报等，并想着一定要与他见面，2007年，全家举债到香港参加歌迷活动，因为华仔没有答应与其单独谈心，她决定全家滞留香港，溺爱她的父亲留下抗议信后跳海自杀。

杨丽娟的相思病，丢掉老父的一条命。无论她怎么想，从头到尾只是单相思，一个人的独角戏，不像杜丽娘，梦里梦外、生生死死有那么一个爱她的人。戏里的相思，总比现实做得完美。

相见欢

独爱

一定是深入骨髓的欢喜，一定是为你痴狂的迷恋。没有犹豫，没有回旋余地，就这样爱上你，唯一的。

或许是一件寻常之物，别人看不上，却落入了你的法眼，恍如前生的知己，千年万年辗转而来，在某个角落遇见，再也逃不掉了。或许是你用惯了的旧物，久而久之成为你的伴侣，生生死死再不想离开。

一把可以折叠的小红伞，迷你型的，小巧精致，一种普通的大红，淹没在开着伞花的微雨里，不怎么起眼，但我喜欢，喜欢放在随身携带的包里，不管晴天还是雨天，只要动动手指，它就灿然开花。偶然一次在清溪漂流中，小红伞被我遗落了，心痛了好些天。

其实家里有许多伞，很漂亮的都有。有一把缀着金片的浅蓝色花伞，清丽雅致，弯头长柄细细的，像女人的细腰。我虽然也喜欢，但我觉得更适合思泓，思泓是那种特别有气质的女人，每一套衣服和头饰都搭配得恰到好处，且平时爱穿旗袍，这把伞配她才相得益彰。

小红伞似乎俗，用久了就舍不得了，成为我的最爱，丢了自然难过，想法去寻同款，网上找来的不是，朋友从伞城送过来的也不像。失去的东西往往是最美的。

遇上心爱之物，便久久不想离开。其实，好些东西并不适合自己，自己喜欢的东西并不一定最好的；一旦喜欢上了，即便别人看起来不美，却是十分的好。

所以独爱。

独爱更适合一个男人与一个女人的爱情。我爱你，你也是爱我的，要怎么样的爱才够深情？把我的骨我的血揉进你的身体里吧，你中有我，我中有你，你是我的唯一。"人世间有百媚千红，我独爱，爱你那一种。"

一曲荡气回肠的《霸王别姬》，荡尽了绵绵心痛，荡尽了两千年的爱恨离愁。九里山下，乌江岸边，虞姬在汉兵的十里埋伏内，不想成为霸王突出重围的羁绊，挥剑自刎，以为自己的死能换得霸王的生，她选择用一世的刎别来纪念这场盛大的爱情。美人如玉剑如虹，一缕香魂飘散，虞姬是楚霸王唯一至爱，也是心头永远的痛，他再也无心恋战，再也无心天下。乌江边上一抹鲜红，应是那柄长剑在项颈上划过的一道优美弧线，一代英豪訇然倒地。

"我心中你最重，悲欢共生死同，你用柔情刻骨，换我豪情天纵。"一个是绝世红颜，一个是盖世枭雄，用生命来证明这场爱情，在楚汉争霸的历史舞台上悲壮谢幕。

独一无二的爱是没有选择的。贾宝玉身边那么多佳人，个个都花容月貌，宝钗任是无情也动人，美得脱尘的那一种，可宝玉不爱。黛玉爱使小性子，无缘无故就拿着手帕抹出一把眼泪来，但宝玉偏偏痴迷，愿意低三下四地去哄着她宠着她。原因只有一个，黛玉始终占据他心底里最重要的位置，其他女孩子，不过是来来往往的过客而已。

生命之中，总会有那么一个人，能让你不顾一切地去爱。如同宝黛之恋，来到彼此心里，从此再未离开。

独爱，没有道理可讲，所以不如不讲。

分手

　　一个男人与一个女人的爱情，走到最后无非是两种，要么喜结良缘，要么分道扬镳。大团圆的结局人人喜欢，但喜欢的事往往难求，分手还是要落到你的头上。

　　死了的爱情，硬挺着没多大意思，不如趁早分了。"我已经不喜欢你了，你是早已不喜欢我了的。这次的决心，我是经过一年半的长时间考虑的，彼时唯以小吉故，不欲增加你的困难。你不要来寻我，即或写信来，我亦是不看的了。"

　　这是张爱玲分手时写给胡兰成的信。一直想象她在写信时的状态，她哭了吗？她悔了吗？她恨了吗？那一刻，我相信她是纯粹的，是痛苦之后的决绝，掉头之后断不肯拖泥带水了。这个男人是她一生的至爱，也是她一生的痛，她知道胡兰成有几个女人，事实上他身边一直不缺女人，但张爱玲已经身不由己，像一只飞蛾拼了命往火里飞，只能生生地烧伤自己。

一直以为，张爱玲分手分得十分精彩。爱情在的时候，便是好的；爱情死亡，就是一堆故纸。更令人难以置信的是，随信还附加了30万元钱给胡兰成，那是张爱玲新写的电影剧本《不了情》、《太太万岁》的稿费。张爱玲是民国时期的奇女子，也是女人中的异数，她这么做，自有她的道理。

其实，分手分得好，也像爱情的初始一样美，可以在对方心中留下美好的印象；分手分得不好，恋爱中所做的好事都被一笔勾销，仅剩一个烂尾的结局。常常见到这样的场景，一场爱情成了鸡肋，男的想分手，女的不放手，一定要问个明白，让他说个清楚。说清楚什么呢？人家已经不爱你了，不是明摆着吗？还有什么要弄清楚的？女人一旦要让对方跟自己说清楚，便是连最后一份尊严也不要了。

而张爱玲做得太好，好得让人为之愤愤不平，不知道她哪根筋搭牢了，会迷上胡兰成，甘愿为他付出青春和金钱。不得不承认，她是一个优质女人，不仅霸占了许多读者的心，而且让胡兰成在多年之后，依然念念不忘，难以释怀。

与温和的张爱玲相比，孟小冬的分手显得很刚烈。孟小冬爱上梅兰芳，是因为戏里结缘。结婚的时候，梅兰芳已有两房媳妇，他和孟小冬住在外面，但有家不能进，第三妻的身份一直无法得以确认。优柔寡断的梅兰芳让孟小冬心灰意冷，一身傲气的她决然提出分手："请你放心。我不要你的钱。我今后要么不唱戏，再唱戏不会比你差；今后要么不嫁人，再嫁人也绝不会比你差！"接着她在报纸上还发了声明。

因为太过伤情，才会如此决绝。从此，孟小冬与梅兰芳再无任何瓜葛，后来居然嫁给了上海滩"三大亨"之一的杜月笙，不知道是赌气还是别的什么，但真的实践了她的诺言。

情场如同战场，有输有赢。面对行将终结的爱情，能够做到善始善终、有理有节很不容易。如果你爱的人变了心，为自己争口气的方法，就是赶在他之前，分手说再见。

沉迷

沉迷，像醉魂销骨的一炷沉香，直抵内心的诱惑，无法抵御，更无法抗拒；又如洪水泛滥，铺天盖地满过来，再满过来，快把人淹死了，还不想起来……

恋爱到了一定的时候，会沉迷。仿佛吸着鸦片腾云驾雾去了，中毒怕什么？连死都不怕了，只顾着缠绵，一分一秒也不想离开。什么样的话说不出来？"我爱你的灵魂，更爱你的肉体。"沈从文写给张兆和的情诗，多直接啊，简直是惊心动魄！

在中国文坛上，沈从文和张兆和是有名的师生恋之一。出身江南名门的张兆和，人长得漂亮，追求者一个接一个，青蛙一号、青蛙二号、青蛙三号……而来自湘西乡下的沈从文，排来排去就是个"癞蛤蟆第十三号"。

"我不知道为什么忽然爱上了你。"沈从文的爱恋来得突然，来得执着，一封封情书如狂风暴雨般地向张兆和席卷而来，整整四年啊，他换来的只是半个字的电报。因为张兆和并不爱他。

那样顽固地爱，那样不可救药地沉迷。"我愿意做奴隶，献上自己的心，给我爱的人。女神啊，莫生我的气了，许我在梦里，用嘴吻你的脚。哪怕如一个奴隶蹲下用嘴接近你的脚，也近于十分亵渎了你的美丽。"沈从文彻底沉迷在爱情之中了，除了写一封又一封的情书，还扬言说要自杀。软的不行，接着又来硬的，沈从文的"蛤蟆功"果真了得，最终的结局是抱得美人归。

沉迷一个人，像着了魔一样不由自主，而他的表现是那么卑微，那么刻骨铭心。

有时候，男人真是贱啊，喜欢被女人主宰，喜欢被女人折腾，甚至喜欢被女人打。记得有首歌是这样唱的：我愿做一只小羊，跟在她身旁，我愿每天她拿着皮鞭不断轻轻打在我身上……哈，迷恋的时候什么都愿意，做奴隶装孙子，哪怕是拱手让出江山，也没有什么不可以。

沉迷的爱，最后都与身体有关。从额头到指尖，从三千青丝到纤纤细腰，没有比你更美好的事物了。"我爱你腹部的十万亩玫瑰，也爱你舌尖上小剂量的毒"。最爱的时候，也是最无耻的时候，早把神圣的灵魂置之度外了。

但，总有一天会清醒过来。一旦清醒，就不是昨日那个他了。

千求万爱得来了张兆和，沈从文应该十二分满意了吧。新婚自然甜如蜜，但当激情褪去，一切回归平淡的时候，这位天性浪漫的大作家终于清醒过来了，又开始了美妙的幻想。当第二份情感有意无意来袭之时，一颗心像春天的草蠢蠢欲动。还好还好，幸亏只是"灵魂出轨"，沈从文及时刹车，静下心来整理"横溢的情感"，来不及沉迷就上了岸，他和张兆和在平平淡淡、磕磕碰碰之中，坚持白头偕老。

倘若一个男人为你沉迷，不要奢望永久，抓住机会尽情享受这份宠爱，或者成为他的奴隶主，过一段无比风光的日子。一旦他从沉迷中醒了过来，就像一个溺水的人上了岸，再也不会跳到水里去了，自然也不会像以前那样迁就于你。"过期作废"的词语无论走到哪里都适合，爱情也一样。

最浪漫的事

是的，是一首歌。最浪漫的事。

应该是好些年前的事了。朋友说，有一首歌真好听啊，你有空听听。

那段时间，日子过得平淡无奇，应该说黯淡更为确切，所以听歌都选安静或是伤感的，突然打开这首歌，先是惊讶，尔后入迷，那么轻松随意，那么精致温柔，像秋日午后的阳光，散漫而舒服。

最浪漫的事是什么？就是和你一起慢慢变老，直到我们老的哪儿也去不了，你还依然把我当成手心里的宝……

这容易让我想起赵本山与宋丹丹演的春晚小品。他俩把白云黑土这一对老人演绎了，虽然打诨插科闹得不亦乐乎，一旦白云生了气，黑土是赔着笑脸一个劲地哄她，像小孩一样宠她，口吐莲花、甜言蜜语，穷尽一切让她开心。

"我们俩越来越老了，剩下的时间越来越少了，以前论天儿现在论秒了，下一步我准备带她出去旅旅游，走一走比较大的城市。"哈，多好的主意啊，宝贝，我们就去一趟铁岭，度度蜜月吧。

赵本山大爷，真是煽情高手哦。

女人天生喜欢浪漫，喜欢被爱人当成手心里的宝。哪怕貌似强大的女汉子，她的内心必定有柔软之处，只为一个人动情。有人说，每一个女人都曾经是一个无泪的天使，当她遇上心爱的男人时便有了泪，天使落泪，坠落人间。所以每一个男人都不能辜负他的女人，因为她曾经为了你，放弃了整个天堂。

在爱人面前，女人永远是一个傻傻的小姑娘，翘首期盼你的情感，她会在你温暖的掌心里变得活色生香，在你的细心呵护中变得轻舞飞扬。

在最深的红尘中相遇，是多么不容易。每一对相爱的男女，都希望爱情天长地久，都希望有一个圆满的结局，你是我最初的动心，我是你最后的缠绵，追逐你一生，爱你永不悔，哪怕天涯海角，陪你一起到老。宝贝，我就如此宠着你！

是的，女人有人宠爱何其幸福。杨贵妃是一个，唐玄宗对她的喜爱，岂是一个宠字了得？杨贵妃想吃新鲜荔枝，而长安没有，唐玄宗一声令下，各地地方官员派出最善骑马的人，骑上最快的马，一站站运输，从千里之外的岭南接力传送。荔枝很快被送到长安皇宫里，剥开一尝，颜色和味道一点没变。至于累坏了多少人，跑死了多少马，都可以忽略不计。

千娇百媚的杨贵妃，集三千宠爱于一身，自然是唐玄宗手心里的宝。可惜名花误国，魂断马嵬坡，两人不得终老。这个浪漫的故事却没有一个浪漫的结局。

所以要相伴，所以要一起慢慢变老。我常常会感动于这样一个画面：落日黄昏下，天空清远，晚风轻拂，一对白发苍苍的老人携手相伴，时而微笑着说些家常，时而开心地笑出声来。因而叶芝一首《当你老了》的诗能深深地打动人心，由此改编的歌又那样透入骨髓里，直击心灵最深处。

执子之手，与子偕老。岁月静好，最浪漫的事，就是我们在一起慢慢地变老，当我红颜褪尽、槁如枯木时，你依然把我当成手心里的宝。

相见欢

忽然就爱了

年过三十，都熬成熟女一个了，还不想谈恋爱。不是不想谈，而是碰不到啊，瞧谁都是一个模样儿，两眼放光的概率微乎其微。茫茫人海，另一半在哪里？罢罢罢，就那样单身情歌吧，就那样孤独终老吧。

熟女心灰意懒，整天儿被相亲，被相恋，烦透了。忽然有一天碰到了他，在某个聚会的场合，穿着白衬衫的他对她温暖的微笑，就这一笑，轻易拨动了尘封三十年的心弦，像走进一个童话般的春天里，她彻底沉迷在花丛中。原来，爱情是这般销魂啊，爱到痴，爱到糊涂，爱到没有了自己，低头来想，如此青春年华怎肯虚度？！

心醉是爱情，心碎也是爱情。一段爱情刚刚结束，万念俱灰了，咬咬钢牙发誓：爱情是穿肠毒，此生再不谈爱！谈不谈也由不得你，明明昨夜酒醉街头，要死要活的模样，过不了几天又心花怒放，面露春色，低眉说，我喜欢上了谁谁，这个人多好！连声音都那么好听，别说他的歌会唱到心底里去了。

真的是，一不留神就碰出爱情来了，那个心心念念的人，让你醉生梦死的人，是你一生中逃不掉的宿命。再也别说不相信爱情了，再也别说今后不言嫁了。

忽然就爱了！

爱也是一种能力。懂得进退自如，懂得见好就收，懂得爱情死了人还要活着，能渗透爱情真谛的人才是大赢家。有人说爱情可以杀死一个鲜活的生命，这种惨烈的爱情故事不是没有。比如林黛玉痴恋宝玉，两人青梅竹马，感情笃深，得知宝玉娶了薛宝钗，一时气急攻心，含泪离世，只留下一弯冷月照诗魂。女人多是一傻到底的情感动物，一旦爱上，就喜欢在一棵树上吊死，一辈子走不出感情泥沼，"爱一但，发了芽，就算雨水都不下，也阻止不了它开花，你是你，他是他，何必说狠话，何必要挣扎，别再计算代价，爱了就爱了，若失去感觉，算了就算了……"这是著名歌手陈琳唱的《爱就爱了》，偏偏是她，爱了就爱了，但没有算了就算了，在 2009 年的深秋，一纵身从高楼跳了下来，以极端的方式埋葬一段爱情。只有 39 岁的陈琳，选择死亡的日期是前夫的生日。

为了一棵树而放弃一片森林，在一个不值得你等待的人身上做无用功，有什么好？其实，太过执着的爱情，未必有男人可以承担。

忽然就爱了。多好！

有人类的地方就会有爱情，有风花雪月也会有凄风苦雨。爱没有尽头，爱几次就有几次的心动，也有几次的心痛，爱到痴迷，爱到心碎，以为不会再爱，以为爱不动了，然而，碰上他了，春风又来，闲花再开；迷上他了，眉眼处全是他的身影，到处春暖花开，到处诗情画意，爱情像新鲜的雨水，忽然间淋淋漓漓地荡漾开来。

没有不开花的春天，没有过不去的爱情。不幻想，不迷信，爱情来了就好好珍惜，低到尘埃里也愿意；爱情走了也不可惜，大不了哭一场，哭够哭累了站起来，好好爱自己。倘若，遇到一个可心之人，继续爱，爱了就好。

相见欢

爱情落地

爱情看上去很美，落下来却很烟火。

他曾经说要爱她一辈子，要永永远远在一起，无论沧海桑田无数年，一定不离不弃。他用尽了人世间最动听的话，来滋润她脸上那一朵幸福之花。

他曾经迷恋与她在一起的时光，在她耳边低语，说要带着她一起飞到天上，飞到世界上最美丽的地方，筑一个温暖的小窝，从此天上人间，鸳鸯比翼。

如此唯美的爱情，让每一只路过的小鸟为之动容，让每一朵绽放的鲜花为之鼓掌。恋爱中的人儿，就像蜜糖一样那么甜，甜到发腻还不够。

爱情来了，如雪崩，如山倒，挡都挡不住。假如幸福停留在此，人们一定愿意相信这是一个多么美好的现实版童话。然而，爱情落地了，两人结婚生子，一切回归平淡，按部就班的生活方式，柴米油盐的烦琐小事，使原来美好的爱情变得千疮百孔，伤痕累累，甚至让两个爱得死去活来的人都在怀疑，曾经的海誓山盟是否只是自己的一时冲动，曾经的花前月下是否都是月亮惹的祸。

爱情禁得起惊涛骇浪，往往禁不起人间烟火的平淡；更禁不起的，是男人一颗蠢蠢欲动的春心。

是偶然中的必然吧。男人的雄性之火被一个女孩引燃了，他开始夜不归宿，身上沾了另一种香水的味道。女人的疑虑像胚芽一样冒出了土层，在她的脑海里，经常闪现他把另一个女孩抱在怀里的画面。爱有多深，恨也有多深，一个春风荡漾的深夜，她亲手点燃了一包火药，一股硝烟燃烧后的异香扑面而来，女人忽然笑了。她觉得那样的硝烟，像夜空中绚烂的烟火，散了，就没了。

是的，家也没了。

"问世间情为何物，直教人生死相许"。两个人的生命，虽然残损地活了下来，但爱情已烟消云散。

爱情是什么样子呢？爱情，通常不是人们想象的样子。

男人是一位乡镇干部，女的是一名村姑。两人的相识，缘于处理一场纠纷，然后相爱，爱到地老天荒，像一个老套的故事，香烟爱上了火柴，老鼠爱上了大米，一切都是爱情的模样。

只是可惜，这段爱情只忘情于两人世界中，那绚丽惊艳的花朵要冲出地面，需要很大的勇气。

一个有妇之夫，一个正值妙龄。

很决绝的一个选择，男人辞掉了令人羡慕的公职，抛弃了相伴十多年的结发之妻，在某月某日的一天，突然从小镇上消失了。去了哪里呢？谁都不知道。多年之后有人传来消息，说在上海见到了这对夫妻，他们在捡破烂，两个人相依为命，以此为生。

男人的前妻与我同村，天生的黄头发，敦厚的身板，一个典型的农家妇女，男人和村姑都没见过，他们私奔以及私奔的结果，简直超出我的想象。后来，又听说他们来过宁波，还是捡破烂的行当，不过现在变成收破烂的主儿了。都过去了那么多年，但他们一次也没有回过家乡。

爱是没有理由的，不顾一切地追求纯真的爱情，最终还是要落地。不食人间烟火式的爱情，一旦从云里雾里落到现实生活的尘世，还能经得起考验吗？物质时代的爱情，一旦与生存互为唇齿，传奇的爱情还能浪漫起来吗？

其实，爱情在不食人间烟火时最美丽，在富有时最浪漫，延续在生活中最幸福。至于能不能永恒，又有哪一桩婚姻敢保证呢？

如果男人对你好

男人对你好，要么想娶你为妻，要么想哄你上床。

不管你承认不承认，两个结果都存在，在你的生活中，或者在她的生活中。

女人看起来像天鹅，似乎什么都不屑一顾，但骨子里喜欢男人对自己有好感，甚至倾慕。即使这个男人动机不良，即使这个男人只想与你上床。

男人对你好，好得让你感动。感冒了他会穿越大半个城市来给你送药，想吃海鲜了他会带着你去海边吃新鲜的，半夜里任性地打去电话，他再困再累也会坚持哄你睡着……仿佛成了童话里的小公主，你很幸福，你不爱他都不行。

男人也认为，他对一个女人如此之好，她没有理由不爱他啊！

那么，就爱着吧。如果修成正果，倒也皆大欢喜，娶你为妻，人间多了一对比翼鸳鸯。

有许多爱情不是"对谁好"就能"得善终"，跑出来一大堆问题，都是你意料不到的。直到有一天，他很现实地告诉你，感冒了你自己去医院看医生，想吃海鲜了去菜场里买吧，半夜里打电话他居然不开机……

爱情不在状态，最后竟然劈腿。

终于明白了，没有谁会对谁好一辈子，这个世界唯一不变的只有改变。

在男人眼里，女人犹如猎物，在围猎之前千方百计讨好她，不惜一切代价，最后她沦陷了，再也跳不出这个温柔的阱。

你爱着他，而他已不再爱你。

男人为什么要爱你？

对你好的男人是有目的的，有的是真心喜欢你，爱你、疼你；有的只是想占有你，得到你，使你成为他恋爱史上的 N 分之一。两类人的相同之处是，他们都打着爱情的旗号，让你一时无法甄别。

女人能够为感情全力以赴，而在男人心中，感情只是爱女人的一个原因，还有其他更多更多的缘由，比如外貌、金钱、欲望，当另外的原因重于感情时，就不是你期望的结果了。

有人说，男人对你好，百分之百为了上床。如果他约你旅游，千万次向你描绘山林野趣的别样景致，他满脑子装的不是山水，无非是你绷得紧紧的胸部和白花花的大腿；如果他约你吃大餐，山珍海味只是一席诱惑，他贪恋的是你一抹红唇的滋味。这些，女人其实都懂，只是忍不住幻想，经不起诱惑，约一次就出来一次，等于一步一步往床边靠了。

因为幻想，所以投入。在感情之战中，女人永远是弱者，男人对你一笑，就以为会对你好一辈子；男人千金一掷送你礼物，立马投怀送抱，以为感情物质双丰收。男人骗女人为什么那么容易？女人为什么会在感情中节节败退？无非一个原因，女人一旦上钩就无可救药，只有任宰任割的份儿，就像点燃了导火线，接下去肯定是热情爆炸的场景了。

陷入情网的女人，大都智商归零，甘愿被骗。

暖男时代，硬汉的出路在哪里？

高颜值的贴心暖男成为主流，为女人们所热捧，正所谓，"男神"依旧在，只是朱颜改。

硬汉代表尤推日本影星高仓健。20世纪80年代，《追捕》在中国热映时，那个喜欢穿风衣、把领子竖起来的男人，外表坚硬，不苟言笑，冷得像块铁，却激活了女人们一颗荡漾的春心，一时间成了全中国女人膜拜的对象。而漂亮的奶油小生被冷落一边，黯然神伤，在高仓健的强劲势头之下，被"打压"了十多年的唐国强感慨万千地说：冷峻是唯一的，漂亮是臭不可闻的。

漂亮能当饭吃吗？漂亮真臭不可闻吗？意想不到的是，男人漂亮真的是饭碗，是镶金嵌银的碗；而且飘出来的香，简直飘散到了千里之外。去看看粉墨登场的漂亮男人吧，从十年前走红的花样美男F4到暖男高圣远、金秀贤，到鹿晗、吴亦凡式的"小鲜肉"，一路过来，都是长相粉嫩柔美，肤白身瘦，一副温暖可心的模样。而他们，几乎诱惑了大多数女人惊喜的目光。

这种审美取向也影响着一部分人的择偶标准，让她们有一种"抱得暖男归"的梦想和冲动。

每一个时代的择偶标准与社会现状和环境有关。安定富足的生活，需要的不是仗剑走天涯的英雄，而是赏心悦目、温柔体贴的暖男，是能够给女人带来幸福快乐的"男神"。

暖男到底有多暖？硬汉到底有多酷？时光荏苒，随着"男神"的变迁，女人的口味会随之而变。那么，暖男当道的时代，硬汉的出路在哪里？如何才能赢得女人芳心？

女人爱暖男，其实也爱硬汉，更爱柔情刻骨的硬汉。而硬汉的标准，不是以前那种表面和内心一样硬的男人，而是铁骨铮铮的柔情汉。西楚霸王项羽浓眉须髯、霸气十足，心里也有一片柔软的地方，他始终爱着虞美人，带着她上战场。楚汉之战被困垓下，在万军包围、四面楚歌中，这个铁血男子汉对虞姬无限深情，唱出"虞兮虞兮奈若何"的千古悲歌，以至虞姬听了一番表白以后，以极端的方式拔剑自刎，而后项羽突围，终因大势已去，自刎乌江。

当然，如今硬汉的标准不是为谁献身，而是自身的硬指标，除了身材、健康等硬件之外，还有素质修养、能力才干、财富地位等。说白了，男人一旦功成名就，就像英雄配宝剑，豪情天纵。

在每个女人心中，都住着一个完美的男神，他既可以霸道，又可以温柔；既可以像个小男孩一样卖萌，又可以像英雄一样保护自己。如此铁骨柔情的硬汉，如何让女人不倾心？！

把你宠坏

晴雯撕扇。《红楼梦》里一段情节。

一次宝玉心情不好，恰巧晴雯不小心掷了扇，宝玉便厉声责怪了她。一个丫头被主人责骂，在别人看起来也属正常，晴雯偏偏不是这样，立马顶嘴，气得宝玉说要撵她走。过后，宝玉气消了，两人和好，说："比如那扇子，原是扇的，你要撕着玩，也可以使得。"

"我最喜欢听撕的声儿。"晴雯说完，宝玉果然叫人搬来扇子让她撕，一大堆名扇痛痛快快地撕尽了，还嫌不够，将宝玉手中的扇子也拿来撕了，又把麝月的扇子也撕了。

不过是贾宝玉身边的一个丫头，为何如此放肆？天真率性、风流灵巧的晴雯，都说被宝玉宠坏了。霁月难逢彩云散，晴雯的个性招来人怨，终因被王夫人看着不顺，逐出怡红院，在家病了数日一命呜呼。

历史上，还有皇恩浩荡的宠爱。

汉武帝宠爱陈阿娇，要为陈阿娇造一座金屋子；唐玄宗宠爱杨贵妃，一人得道，鸡犬升天，杨氏族门立刻权势逼人……看起来很物质，他们之间会有爱情吗？一定有过，否则后宫数千佳丽，为何唯独爱她，否则她的枕边风，缘何远胜金戈铁马的功绩？

数千年的男权文化，加上女人的心理定式，给了女人索取宠爱的千条理由，甚至把被男人宠爱当作了安身立命的根本，最终还是逃脱不了命运的作弄。三千宠爱于一身的杨贵妃成为红颜祸人，最终在马嵬坡下被宠爱的人赐死；而陈阿娇成了废后，金屋崩塌，恩情皆绝。

恃宠而骄，自以为是。凡事做过头就是你的不对了，总归是作茧自缚，难得善终。

有人说，男人会宠爱你一时，但不会宠爱你一生。女人偏偏不长记性，像一个永远长不大的孩子，希望心爱的人把她捧在手心里，拥在怀中哄着。女人需要宠爱，就像花儿需要阳光，鱼儿需要水一样，仿佛唯有如此，才能找回做女人的感觉。

张爱玲说：人生最大的幸福是你所爱的人，他也恰恰是最爱你的人。好美的憧憬啊！你爱的人他也爱你，爱你的人更是懂你，你阴晴不定的坏脾气、偶尔的小性子，在他眼里都是可爱的小情趣，无论时光如何改变，永远是初见时你莞尔娇媚的模样。因为宠爱，他会心疼你，舍不得让你受委屈，会一刻不停地思你念你，还喜欢用一种独有的方式来爱你，比如把你当宠物宝贝来精心饲养，比如把你当作女神一生一世来供养，爱到深处，简直希望你能成为他身上某一部位的零件。

两情相悦，心暖花开，在时间无垠的荒野里，爱是四月激滟的蔷薇，浓郁芬芳，旖旎缠绵。这样的爱，可遇不可求。

喜欢到极致，便想好好宠爱。宠爱一个人，是愿意让着她、忍着她，允许她任性，允许她胡来，包容她所有的一切。就算把她宠坏了，也愿意。

对于女人来说，宁可食无肉，不可爱无言。被宠爱的幸福总是很享受，三千宠爱，哪怕短暂，足够灿烂；曾经拥有，便是赚了。

你要记得我

《一封陌生女人的来信》是奥地利著名作家茨威格写的一篇小说，故事很简单：一个 13 岁的女孩迷恋上新搬进来的男邻居，疯狂的痴迷促使她长大后愿意献身给他，几夜的快乐之后男人早已不记得，她却耗尽了自己的一生却只为了这个短暂的过客。直到离开这个世界，仍然只爱这个男人，在结束自己之前，把为了这个男人而生活的一生写进信里，寄给了男人。

为了这个心仪的男人，女孩爱得小心翼翼，爱得不敢说出来，爱到没了自己，而这一切，这个男人一无所知，几番相遇，他都没有认出来，最后连他的管家都认出了她，他却还是记不得，甚至当她为烟花女子。

所以，对于他来说，她只是一个陌生的女人。

"你，从来也没有认识过我的你啊！"女人在信的开头，算是称呼，也算是标题。

男主人公是一个小说家，本来这也是一篇小说。小说向来如此，总要挖出一个心疼得滴血的故事来赚取人们的眼泪，比如设计这样一个暗恋和痴迷得一塌糊涂的女人。

　　暗恋是开在暗处的花，因为见不得，因为无人知晓，从头到尾只是一出独角戏。暗恋至深是要成病的，也许就是神经病，也许就是性格残疾，也许就要毁掉自己的一生。

　　记得以前听说过一个心酸的爱情故事，如花如玉的一个女子，才19岁，那年县文工团来村里演出，《智取威虎山》杨子荣的男演员长相英俊，她一下子被迷住了，天天赶场去看他，还为他纳鞋底做手工鞋，翻过几座山去邻县找他。后来，男演员被打成右派，在山区的五七干校砸石头，她几百里路一步步走到那里去，为的是能看他一眼。管理员是个卑鄙的小人，要乘人之危与她发生关系，但为了见心上人，她竟然同意了。

　　结果还是见不到，于是她告发了管理员。受了刺激的女人，最后疯掉了。

　　痴迷执着的爱，伤害的是自己。

　　阳光下的恋爱是最好的恋爱。在一个合适的时间合适的地点遇上，然后像火柴一样点燃，没有身份的贵贱，没有距离的远近，没有年龄的问题，没有彼此的鸿沟，你是我的，我也是你的，你在我眼中是最美的神。

　　即使见不了面，都能感觉到。一个女孩恋爱了，对方远隔千里，每天通过电话、电脑、游戏感到对方的存在，偶尔视频，她会对着镜头笑着说我想你了。对方说我也想你，宝贝，一刻不停地想你。

　　她是一个容易满足的女人，电话里说点甜言蜜语可以把她哄得满脸通红，发个微信说想她了，她会抱着手机一脸幸福的模样。两人厮磨缠绵，她对着手机掉着眼泪说：你要记得我，一定！

　　亲爱的，我忘了自己也不能忘记你，我会永远记得你！

　　后来他真的来看她了，后来她真的成了他的妻。

　　记得就好，记得了就是一辈子了，我的身上烙着你的印记，你的发肤有了我的味道，彼此相随，永不分离。

　　唯有珍惜！

只想和你在一起

从湖南坐高铁回家，有雨。窗外满眼是绿，绿得像要滴下来，眼睛一直贪婪着。中途，忽然上来一对男女，女的冲我笑笑，问能不能换个座位？

他俩的座位隔一个过道，我是靠窗的，跟我换位的目的无非是两人要坐在一起。我摇了摇头，继而又不忍，说，换吧。

女孩长得不是特别美，但很清纯，像电影《山楂树之恋》里的静秋，一汪清泉似的。她道了谢，拉着男朋友坐下。男的打开电脑看剧，女的斜躺在他的怀里，小鸟依人，一脸幸福。

下一站，他们就下了，牵着手从我眼前走过，依偎着的背景慢慢消失在我的视线里。

只想和你在一起，一刻也不分离。这对小恋人分明如此，连一个过道的空隙都不允许。是的，热恋情人就像磁铁的正负极拼命相吸，无缝对接，就算彼此融化，也是值得。

喜欢这样的爱情，喜欢被这样的爱情故事打动。最初看《红楼梦》，印象最深的是宝黛之恋，东园桃树西园柳，今日移向一处栽……但他们没能在一起，棒打鸳鸯，阴阳相隔，美好的向往不堪一击，徒留悲伤。《梁祝》也是，那种生生死死要在一起的感动，一直缠绕于心。"贤妹妹我想你，神思昏沉寝食废。""梁哥哥我想你，三餐茶饭无滋味。""我和你生前夫妻不能配，梁兄啊，我就是死也要与你同坟台。"

然后化蝶，一对恋人的蝶，终于在一起的蝶，来生的蝶。

终究是故事，从故事里走出来，泪干了，不再悲怆。而现实中，多是平凡的爱情，平凡的感动。

爱可以在一秒钟产生，情却需要一生来完成。热恋的时候轰轰烈烈，朝朝暮暮想在一起，要是一天不见，就没出息地想，一刻不停地想，想到太阳落了山，还要等到月亮升上树梢。过了热恋状态，还依然相爱如初，这样的情，便是一生的相依相守。

选择在教堂里结婚的爱人，神父会庄重神圣地问："无论贫穷富贵，疾病健康，你都愿意和他（她）在一起共度一生吗？""我愿意！"

恋人不可分开啊！世上最浪漫的那三个字，不是"我爱你"，而是"在一起"。选择了在一起，就是选择了一生一世不离不弃的守候。

和你在一起，就是快乐的。

邻家有位女孩，长得乖巧，温文柔顺，人家都看好她的婚姻，偏偏她喜欢上了一个比她长10多岁的男人。家人不同意，想尽一切办法阻挠，甚至以断绝父女关系相逼，但女孩抵死喜欢，非得跟他在一起。女孩说，男人最大的优点是能逗她开心，她就是这样一点一点被他打动的，仿佛是一只刚孵化的小鸟，在他的极致宠爱下，慢慢长大。"就是你到了80岁，我还是把你逗得一根白发都没有。"

和你在一起，就是简单的幸福。

窗外，繁树已无花，枯枝败叶，一片荒凉。

冬天真的来了！

伸出手，掌心落下一片片雪花，转瞬间化作了一滴水珠，氤氲着。远山如黛，在雪花的重叠之中，浅浅淡淡勾勒出一幅幅素白美景。

"在这个冬天的夜晚，你和我分手，在你一转身一刹间，我的眼泪止不住流下来。想着你的爱，想着你的情，为什么我们要分手，无法意料这样的结局，我们的爱就这样，就这样分手在这个冬天……"

远处飘来熟悉的歌声，零落的浮想如抽丝的茧，丝丝缕缕缠绕着我的思绪。想起绮的故事，有些伤痛渐渐蔓延开来。

绮的母亲是个纺织女工。那个时代，工人是最受尊敬的，钢铁工人和纺织工人最能代表工人形象。雪白的帽子、雪白的围裙，在纺织机前来回穿梭，双手灵巧地飞舞着，她母亲优越地当上了一名挡车工。

本来，绮想去读会计，可由于母亲的执着和规劝，她报了纺织专业。大学毕业后，她来到家乡一个丝绸企业。企业名声在外，被誉为"景区里的工厂"，她很喜欢。当然，让她更喜欢的是认识了一位白马王子，爱情之花就这样如火如荼地盛开。

古桑树下，采蝶湖边，倩影双双惊起水中鸳鸯，那些灿若烟花的誓言，那些柔情似水的呢喃，那些缠绵悱恻的爱恋，一点一滴记下了岁月的美好。他的温润体贴，他的俊朗外貌磁铁一样吸引着绮的灵魂，在那个水墨丹青的江南，他们十指相扣，唇齿相依，许下了不离不弃的诺言。

爱情那么美，有时候，却经不住命运的捉弄。

他的老家远在千里之外，来这家企业工作，只是"镀金"。学得一身技艺，然后回了老家。

绮怎么也想不到，爱的方舟竟在突如其来的风暴中折浆，希望的风帆来不及转向就被狂澜撕断。那个冬季，泪水如雨，淋漓着整个城市和河流。

绮崩溃了。男友临婚换新娘，理由只有一个：老家的女友怀孕了，他要对她负责。

街角，人潮。一句简单的告别，一个变得陌生的眼神，一转身成了爱情结束的姿势，决绝而凄凉；在寒冬凛冽的夜晚，一声无望的叹息，回荡在茫茫夜空中，化作一缕轻烟随风而去。

从此，绮坚持单身。她成为当地有名的设计师，收拢天下所有美丽的颜色，织造出一块块流动的丝绸，什么彩霞满天、风摆杨柳、云彩绸等丝绸面料，在各种展览会上频频获奖；工作之余，她躲在自己营造的温馨小屋里，穿丝绸绣花袍子和丝绸绣花鞋子，喝着咖啡，度过奢华寂寞的时光。

光阴无情，瘦了红尘，老了红颜。一颗破碎的心，一季浅舞的忧伤，在黑夜里蔓延，独自绽放在妖娆的指尖。

一切皆可成为过去。已走的不会再回来，飘零的记忆淡去不可追，来去皆是缘啊，人生，总是免不了聚散。

"人生不过如此，且行且珍惜，自己永远是自己的主角，不要总在别人的戏剧里充当着配角。"林语堂先生曾经说过的话，突然从脑海里跳了出来。是的，绮，人生之路漫长，一切珍重！

绸缎里的女人

　　一个月光如水的夜晚，昏黄的灯光淡淡地泊在卧室里，一点一点把宁静的夜色聚拢起来，然后化开，然后虚无，定格在一个披着长发曲线优美的侧影中。

　　黑发如绸缎，散落在粉颈一侧，另一侧裸露出凝脂般的肌肤。锁骨妩媚流转，如同迷离的一缕轻烟，缠缠绵绵，看似漫不经心，却委婉地把性感弥漫了去。

　　转过脸，立起身，裙裾飘逸，像一阵风，哗啦啦一地，铺满了暖色的诱惑。这是一件桑蚕丝的睡衣，吊带，低胸，淡绿色的底色上面开着大朵大朵白色的花，缠绕的叶子枝枝蔓蔓，若有若无地淡了，淡了。如此样式简单花色淡雅的睡裙，分明有妖异之感从夜的深处袭来，暗香浮动。

　　这个镜头，不知是哪个影片里头的，像一片挥之不去的云彩，缠绕着，美丽着。

　　穿着丝绸的女人，给人想要抚摩的感觉。这样的一个夜晚，她是清寂的，低回的，迷幻般堕落在夜的性感之中。

"你是令人迷醉的丝绸……"

低沉的、磁性的男声在她耳边呓语，穿透薄薄的空气，令人耳根发痒。不知道是不是爱情，不知道有没有结果，她感觉到了那些情话背后，有忽然而来的心痛从心尖抖落，向四周扩散。那种无以复加的坠落，瞬间让她感觉到时间的荒芜。

都说，男人和女人有所不同。一个男人谈无数次恋爱，过尽千帆，绝大多数能全身而退，"万花丛中过，片叶不沾身"；而女人往往一根筋，遇到了一个对眼的男人，会作茧自缚，一颗心都系在他的身上，失恋之后，如战场上退下的老兵，满身伤痕，情绪低落，变成彻头彻尾的怨妇。

男人可以把性和爱分开，和不爱的女人发生关系。而女人呢？她们多数是喜欢上对方以后，才会与他上床。

在爱情中，她迷失了自己。

离别是在转身间。他深情地看了她一眼，道一声珍重，挥一挥手，不带走一片云彩；而对于她来说，就成了刻骨。一夜之间几乎让她丧失了全部，连灵魂也跟着被抽离。在过后的许许多多日子里，她只有想，想他千遍万遍，想他俊朗的身影，想他低迷的声音，多少无可奈何化作相思泪。

虽然她从来没想要成为那个男人的妻子，但她也想知道，他是否也会这样眷恋和怀想，或者，这一晚只是他看过的一片风景，再不回头？那双温暖的手，抚摩过她丝绸般的肌肤，却从来都不曾属于她，这颗冰凉的心，有谁来将它捂热？新月当空，落花未尽，深深浅浅的幽怨在空荡寂寞的夜空低徊。

无尽的寂寞和身体的苍凉让她迷恋着丝绸，迷恋着丝绸内衣以及各式各样的旗袍。在她的衣橱里，挂满了款式不同、品质各异的绸缎睡衣。她不喜欢太亮的光线，每天晚上拧亮台灯，坐在淡淡的、幽幽的柔光里，慢慢地回忆一段过往，一段美丽得令人窒息的情爱。

斩不断的怨念和惆怅，放不下的情感和忧伤，欲罢不能。只有在夜晚静静的时光里，独饮一杯酒，和着月色，想念让他疯狂了一辈子的男人。

绸缎虽然鲜丽，内心却冰凉无比，犹如这绸缎里的女人。

有一种爱叫心疼

疼真是一件很要命的事，谁都不想要，谁都无法拒绝，它总是不期而来，绝尘而去，像风一样。

年少时骑自行车被车撞了，磕破了嘴唇，伤到了筋骨，医院里躺着，只见老妈风一样地赶了来，一脸紧张，结巴着说，人家说你被撞伤了，我三步两步冲下楼梯。她眼里闪着的不是泪光，而是一种叫疼的东西。我仿佛看到老妈冲下楼梯的着急样子，心里暖暖的，一点也不疼。

爱你的人才会心疼你，宠爱、疼爱都是与爱连在一起。"我会好好疼你的，跟我在一起，什么事都不要你做。"恋爱的时候，男人满含深情，疼了又疼的样子，其实还有喜欢的因素。找一个爱你的人结婚吧，许多爱情是如此疼爱来的。

从某种意义上说，心疼是一个温暖而有热度的词。记得《红楼梦》里宝玉挨打之后，宝钗去看他，是托着一丸药进来，规劝宝玉"早听人一句话，也不至今日"，她对宝玉是有情的，见宝玉被打成这样也确实心疼，说老太太心疼，太太心疼，然后用"我们"代称，最后自知失言没有说出"心疼"两字，因而红了脸，低下头来。黛玉却不同，当宝玉迷迷糊糊醒来之时，猛然看见林妹妹泪光满面，眼睛肿得桃儿一般，千言万语无法倾诉，仅抽噎道："你从此可都改了罢！"

宝钗、黛玉同样是心疼，但爱的感觉不一样，心疼的层次也不一样。黛玉是一个人悄悄地来，默默地哭泣了很长时间，嘴里没说心疼，内心定然千回百转，柔肠寸断，必定愿意为自己心爱的人去承受这份痛苦。

心里疼了，才是爱了。一个人爱上另一个人的时候，不说缘分，不说共同语言，不说喜欢，甚至不说爱，只说心疼就够了，就赢得她的芳心了。心疼是从身体里最柔软的地方发出最强烈的感受，一见到她，只有怜爱，只有一种保护她的欲望，并希望能给予她一辈子的幸福。

疼是一种刻骨铭心的感觉。

最具疼感的是身体的疼，从某一点击发随之漫延到全身，那样辽阔的痛非得用尽全身之力来叫喊，才能缓解。杀人无形的疼是心疼，看不见摸不着，貌似一具完好的躯壳，却是五脏俱毁，百般心碎，比如不爱了，心是无比的疼。

要怎么样来证明失恋的疼？见过许多极限的方法，割腕、跳楼是一种，心都没了，身躯何在？如此惨烈，非常人所思；再有一种，无非是喝酒买醉、绝食三天，过了一阵子，忘了旧情，有了新欢，又变得生龙活虎，鲜活如初。

这些无非是表象，真正的疼是属于自己内心的，是寂寞无声时常常忆起在一起的时光，他的承诺他的爱怜，他给过的温暖，这一切的一切，犹如一根无形的绳子，猛不丁地跳出来，在你的身上勒一下，使你喘不过气来，胸闷心疼。

但这也不是最疼。最疼的是多年以后，你似乎忘了这个人，忘了他的电话，忘了他的一切，忽然有那么一天，听人说起他的名字，或者在街上突然遇见，你呆了，你不知所措了，然后有一阵疼痛漫过心尖，像一把刀从你身体里拔出来，鲜血一地。

切肤之痛，才是刻骨之爱。疼的光阴，美到难言。

相见欢

比爱情更真实的是生活

初秋，绍兴诗人们行走新昌的一条盐帮古道，古道依山而凿，一边是青山，一边是峡谷。从青宅到结局山，一个多小时的行程，走得大汗淋漓，到了山上，忽觉凉意。天是蓝的，云像花一样，一朵比一朵白，显得阳光更白了。

此刻，诗人们见到了老郑一家。

一个 61 岁，一个 30 岁，相差 31 岁的老夫少妻，住在结局山顶上的茅屋里。如果不是亲眼所见，应是生活在世外桃源里的一对神仙眷侣。

老郑走在半山坡，儿子骑在他的脖子上，仿佛骑着一头牛，妻子小梁一晃一晃地挑着畚箕。再往上，就是他们的家。家是茅屋，四面透风，竹门虚掩。一条凳，二只鸭、三只鸡、四只羊，还有飞来飞去养着的无数蜜蜂，这也许就是他们的全部家当了。

蓝天白云，碧草青青，斜斜的山坡上，这一家子荷锄而归，美得像一幅画，女人笑着，男人说着，小儿也不怕生。诗人们围着他们转，拍下很多照片。

"貌似美满爱情，其实是一对贫苦农民。"东方浩按下一个镜头，话说出来，像风一样飘过山冈。

的确。这是一对相依为命的苦命夫妻，老郑左眼失明，小梁脑瓜不灵，9年前，52岁的老郑娶了小梁，也是受小梁父亲的"重托"。这一对类似残疾的夫妻要在大山里活命，需要的不仅仅是爱情。小梁晒得又黑又红的脸，看上去并不年轻，除了养孩子，她一直跟着丈夫在山上劳作。一年到头，勉强维持生计，吃顿肉，也是够奢侈的事。

没有爱情的崇高，只是生活的实在。大山深处，无电无路，日子一路艰辛。要说浪漫，怎么也浪漫不起来。今年七夕，一起报道过此事的同事再一次来到老郑家，问他送了什么礼物给老婆。这个问题貌似有点"作"，他们根本不晓得这个节日的意义，当然也没有过节的概念。但老郑聪明，一经点拨，急忙拿起一个碗，泡了一碗自家产的蜂蜜茶。这一下，小梁的心也是蜜甜蜜甜的吧。

山里人家的爱情，看上去美，其实有苦。人们常常忆念陶渊明的桃花源，把回归自然、躬耕田野认作一件美好的事情，然而，现实生活中真是陶公笔下的世外桃源吗？

陶渊明辞官归里，与夫人一起过着"躬耕自资"的生活，但由于失去俸禄，再加上诗人不善农耕，家境一年不如一年，而劳动如此艰辛，天灾人祸又无法避免，从"菜菊东篱下，悠然见南山"到"但愿长如此，躬耕非所叹"，直至"岁月将欲暮，如何辛苦悲"，到头来，因饥饿和寒冷的折磨，诗人的晚年生活愈加贫困，竟然沦到上街乞讨的地步。

一代田园大师，没吃没穿，日子苦熬着，最终在贫困交加中怅然离世。

其实，浪漫也需要资本的，从某种意义上说，生存就是资本。如果连最起码的物质需求都保证不了，精神的大厦就难以支撑。

相见欢

深山里的爱情，怎么看都是一摊子生活，只是有些爱情，注定要成为传说。张纯说，大山里的爱情还真的有，二十世纪五六十年代，一对逃婚男女离开城市，躲进了罗坑山的一座古寺里，一辈子相守，没有走出尘世一步。

　　罗坑山离此不远，也是小将镇的一处景点。我不晓得，晨钟暮鼓中的爱情，是否安然若素，是否经历过生活中的各种磨难。山风无言，流水无语，只有一掠而过的山鹰扑腾一下，惊动了树梢。

结局无言

人生不是写好的书，只能一步一步从头开始，谁也不晓得自己的明天会怎么样。有故事的人生自然精彩，但一不小心故事也会变成事故。

从小很努力的一个人，成绩学业一直优秀，是人们眼中的天之骄女，只道前程如锦，一路辉煌，生活像春天一样明媚。一天傍晚，突然飞来横祸，她摔倒了，从高高的山路上滚了下去，自行车散了架，她的身体也散了架，断掉了脊柱骨，直接进了医院，从此再也站不起来。

20多年了，她就这样一直坐着，坐在轮椅里。但这辈子没完，她得继续走，哪怕坐着也得走下去。她写得一手好字，就学刻印，开了刻印店；她学电脑，还买来复印机，接一些业务；她喜欢读书，就经营或出租图书，这样一个弱女子，居然顽强地生存着，像春天里的小草，不，是迎春花啊，她的名字就叫迎春。

有人说她像张海迪。对，她有张海迪一样的轮椅，她有张海迪一样的精神。

她嫁夫生子，一样没落下。她的人生，在她的轮椅里，这不是她想要的结局，但她淡然面对。

同样过一生，结局各不同。人生如此，爱情亦如此。

前些天看冯唐的一个访谈。冯唐是文艺男神，最近他出了一本新书名叫《女神一号》。那天偶尔在电视上看到，他正跟主持人说一件事，说女人爱问"你会爱我一辈子吗？"这是一个女人普遍爱问的问题，男人该怎么回答？冯唐说，我现在的回答是：我不知道！

这不是热恋中的女人想要的结果，但冯唐确实说了大实话，情爱之后回头看，一切看得淡了，看得开了，也现实了。沉浸在爱情之中的女人，死缠烂打的一个话题就是："你到底爱不爱我？""你会爱我一辈子吗？"大有打破砂锅问到底的决心。这容易让人想起类似一个问题：母亲和老婆落水，你先救谁？

此问在旁人看来似乎可笑，女人不觉得。对于当事人来说，这是最真的事，也是最值得问的一句话。

一场轰轰烈烈的爱情开始了，她是妙龄，颜值极高；他正值壮年，事业有成，可惜使君有妇，故事开始似乎已写好了结局，爱得波澜壮阔，又以散淡收场，男人回归家庭，女人变得无所适从。她想不通，明明他说爱她，为什么还要分手？既然要分手，还说什么爱呢？她纠结，甚至患了忧郁症。

彼此爱恋，总想永不分离，生生死死在一起，爱是真的，海誓山盟是真的，一切的一切都是真的，谁也想不到会有一个无言的结局。结局也不是谁说了算，不爱了就是不爱了，没有原因也没有理由。人生就是那么无常。

功德圆满的结局，谁都喜欢。可对于平凡的生命来说，人生似一场盛宴，爱情犹如奢侈品，不是谁都能享受得起。寻常的生活中，总会有这样那样的缺憾，事业鼎盛之时惨遭滑铁卢，幸福家庭一夜之间痛失亲人；有情人不能成眷属，彼此相爱的人总是在错过……如此种种，不一而足。

世事无常，风云变幻。生活在凡尘俗世的平常人，有太多的无奈，也充满着期待，珍惜当下，把握未来，生活才会更加美好灿烂。

嫁给谁

《芈月传》的热播，火的是芈月，更是帅得一脸血的义渠王。帅倒也罢了，还有情有义，深情专一，那份霸气，任是张狂也动容，好一个真心男子是也！

网络流行语：嫁人就嫁义渠王。

义渠王是草原雄鹰，长发披肩，貌似粗野，但他有明朗的笑容和性感的大胡子。他对芈月的真情深爱直逼心灵。"谁胆子那么大，敢动我喜欢的女人！""只要你来我这里，我做大王，你做王后。我的后宫从此只有你一人，我保你跟孩儿一世安稳周全。"

心动了吗，脸热了吗？

都说《芈月传》好看，我是半路捡来看的，刚好看到义渠王以命换命，让老巫把蛊虫引到自己身上，芈月脱险，义渠王却陷入蛊毒的煎熬。芈月当众起誓，只要义渠王能活下来，自己就做他的女人。

后来芈月成了宣太后，执掌秦国朝政，义渠王归顺，两人在草原上拜了长生天，结为夫妻，在一起生活了34年。这位铁腕太后，人前庄严高贵，在心爱的义渠王面前，却像一个温顺的小女人，笑容灿烂如花。

再后来，因为江山社稷，因为种种原因，宣太后引诱义渠王入秦，杀之于甘泉宫，"我本将心付明月，奈何明月照渠沟"，如此真性情的义渠王一生为芈月所爱，亦被她所伤。

这出戏里，义渠王是最出彩的人物之一。女人喜欢的样子，女人喜欢的条件，他都有。"遇到这样的男人，妹子还等什么！一个字：冲！"

冲上去，就能得到想要的结果吗？就能嫁夫成功吗？网络姐妹们奋不顾身的劲头勇气可嘉，不过我猜啊，败下阵来的概率百分百。

义渠王爱的只是芈月，即便娶了东鹿公主，只因她长得与芈月相似而已；为了与芈月相守，义渠王干脆把东鹿公主送回娘家。是的，他要的只是芈月，别的女人统统忽略不计。

义渠王是好，但好男人不一定是你的，嫁给谁首先是你说了算，若对方不愿意，你说了也是不算的。俗话说剃头担子一头热，热不到那头怎么办？好歹还是自摸着玩吧。记得几年前有个叫杨丽娟的姑娘，迷恋歌星刘德华，并辍学追星，为了见刘德华一面，家里卖掉房子，父亲卖肾筹措资金帮女儿赴港追星，杨丽娟虽然见到了倾慕了13年的偶像，但因没有单独会见，仍不满意，老父无奈跳海。如今又冒出"杨丽娟2号"，一位湖北女孩爱上刘德华，自称愿意为刘德华守身一辈子，做不了他的妻子，也渴望能做他的女人、情人，还想给他生孩子。

明摆着这是一厢情愿，连门都没有的事，你往哪儿冲啊！冲的结果不过是自讨没趣。"杨丽娟"们自然是个例，建议去看心理医生。聪明如你，不会一棵树上吊死，好男人看看养眼就行，白日梦做做也便罢了，不是你的菜就别揣着，赶紧调转头找一个爱你的人，即便他没有义渠王之颜值，没有义渠王之权势，人品好、对你好才是硬道理。

看完《芈月传》，大可一笑了之，千万别当真。你不是芈月，当然也遇不到义渠王。至于嫁给谁，你懂的！

遇见爱

这一刻，你从这扇门走出来，然后遇见了他。

他正带着孩子在门口玩，坐碰碰车，一脸的温暖。这样的温暖像阳光一样，从孩子身上移到了你的脸上。

一切波澜不惊，仿佛春天里开的花，被风摇了一下，擦肩而过的暗香，闻过，也就闻过了。

偏偏还有第二次。在一次旅途上，一张眼熟的脸，吹起你心底里的花。眼睛与眼睛的重逢，没有多余的话语，但留下了彼此的电话。

这一次，你是出来"避难"的。

三十好几了，家里怕你嫁不出去，催得紧，对象处了一个又一个，都没落地。父亲放话说，明年，明年你若不把自己嫁掉，就不用回家了。

今年你就不想回家了，赶在年前报了一个旅游团，来一场说走就走的旅行。孤身一人去海边，一个人的天马行空，一个人的寂寞春深。

你没有把他放在心里，也无须放在心里。曾经有过许多相亲经历，这次，不过偶遇而已。

转眼到了春天，忽然收到了一个短信，是他。很平常的问候，从遥远的城市过来，因为无聊，你权当消遣。

许多聊，你都不喜欢，唯独爱上了他的聊，从短信转移到QQ，从QQ发展到微信，温度慢慢升高了。他宠你爱你，像孩子一样惯着你，从未有过的幸福感，像花香一样围绕着。你觉得，他的温暖和关怀，好喜欢。

然后，故事将要落入俗套；其实，分手和结合都是俗套。如果是小说家，肯定会天马行空，编出许多惊心动魄的故事，让主人公历尽挫折之后，苦尽甜来，或者悲剧落幕，令人柔肠寸断。

你不去想结果，只是不想辜负这段轰轰烈烈的爱情。不是说过程比结果更重要吗？如果奔着结果去，老早就逮个男子结婚去了。

诺贝尔文学奖得主萧伯纳说：此时此刻在地球上，约有两万个人适合当你的人生伴侣，就看你先遇到哪一个。然而，不管先来还是后到，未必能遇到一个真心爱你的人，有时候，一见钟情不是魔法，是命运。

这世上，没有无缘无故的爱，也没有无缘无故的恨。一直相信，尘世中的遇见都是因缘而起，一些真爱都在琐碎而温暖的细节中。一个人的生命或许并不长，却总会遇到一个人，或早，或晚，在街角的咖啡店，在开满紫云英的花海里，相遇相知，相爱相惜，一切仿佛是冥冥之中注定的，却又那么随心随意，妥帖自然。

爱情能使人含笑饮毒酒，爱得水深火热时，多半人都愿意赴汤蹈火。是的，这个世界上，唯有他懂你，并且愿意陪你一起疯，一起醉。不求天长地久，唯有曾经拥有，你说，你对他没有任何要求，今生遇见爱，就是最大的收获。

在你看来，婚姻和恋爱是两回事，婚姻是责任，是对一个人后半生的承诺；爱情是人生的魅力加油站，是沿途那一段美好的风景。

转眼又是一个春天，你躲过父亲恨铁不成钢的眼神，在一场饱满生动的爱情里，一边沉迷一边挣扎。

失恋不会死

大学生能不能谈恋爱？当然可以。只是要记住一点：失恋了千万不要死去活来。

读大学不谈恋爱，仿佛是一件无趣的事。好好的一段光阴，好好的一堆青春，春心不动严重辜负明媚的人间四月天啊。

失恋首先是一种幸运，其次才是不幸。尝过真正爱情的甜，才会有失恋的百般滋味。比起没有真正爱过的人，先赢了这一局。何况多了这样的经历，人生由此变得丰富，感情由此变得深沉。

大学四年，并非每个人都能遇见爱情，有的人想有也不会有，碰不到对眼的人，握不住对方的手，花前月下的温情只是别人的电影。好吧，就那么光阴荏苒，就那么坚持一个人的寂寞，与爱情隔岸相望。

所以，失恋了也要祝贺啊。一是祝贺你有爱可恋，有

相见欢

情可恋；二是祝贺你见血封刀，砥砺前行。

有一个女孩，长得有模有样，文艺范十足，爱唱爱跳挺清纯的样子，大学里谈了一个男朋友，男朋友高高大大，更衬得她小鸟似的，像无数个爱情故事一样，甜蜜的爱情在校园里幸福地生长。

转眼到了毕业季，两人回到各自的城市。城市相距不远，一个小时的车程，来去也方便。女孩想，结婚是水到渠成的事，只不过是时间问题。然而，仅仅一年，男人移情别恋，被她发现的时候，男人说一时糊涂犯了错。真想甩手而去啊，抵不住男人的再三恳求，女孩选择了原谅。又过了一年，男人再次出现状况，而这一次，他疯狂地爱上了一个比她更年轻的女孩，爱得彻底，爱得一往无前。

女孩没有退路，女孩失恋了。突如其来的"事故"，无法抵挡的崩溃，一个人偷偷地哭，哭到无泪可流。忧郁、失眠、形神憔悴，像抽筋剥皮似的，就差没有上吊自杀了。

失恋不会死。从失恋里翻滚过来的女孩，记得这样的感觉：失恋中挣扎的过程如溺水，很难过，痛苦得想死。不过一年多的时间，就会走出困境，偶尔也会想他，偶尔会心痛，只是不会再哭了。

张小娴说得好，所有失恋的痛苦，一是因为新欢不够好，二是因为时间不够长。是的，失恋不会死，一年，是期限。

失恋了，若是死去活来地闹，一点好处都没有，只能是身心俱疲，两败俱伤。

其实，失恋不会死，且可以重生。旧的不去，新的不来，旧爱再怎么好，都不是你的了；不好的旧爱，早一日甩掉也罢。像上述那个女孩的男友，本来就不值得你爱，为他死去活来，过后想想，一点也不值。

时间是良药，但这段时间是难熬的，如何让失恋者得到帮助和舒解？作家陆琪去年发起了一个"失恋互助小组"活动，就像国外的戒烟戒酒小组一样，每次8个人，全部都是在失恋中无法走出去的人，围成圈，相互诉说彼此的故事，相互舔着对方的伤口。

这个主意好，如果你到现在还走不出失恋的阴影，建议去试试啊。